CABANAGEM

Gian Danton

Copyright ©2020 Gian Danton
Todos os direitos desta edição reservados à editora.

Nenhuma parte desta publicação poderá ser reproduzida, seja por meios mecânicos, eletrônicos ou em cópia reprográfica, sem a autorização prévia da editora.

Editor: Artur Vecchi
Projeto gráfico e diagramação: Tonico Silva | @otonicosilva
Revisão: Gabriela Coiradas e Moira Magno Andrade
Ilustrações: Roberto Mendes, Rafael Senra, Otoniel Oliveira, Antonio Eder, Andrei Miralha, Igum Djorge, Romahs.

Dados Internacionais de Catalogação na Publicação (CIP)
Câmara Brasileira do Livro, SP, Brasil

D 194

Danton, Gian
Cabanagem / Gian Danton. – Porto Alegre: Avec, 2020.

ISBN 978–65–86099–59–1

1. Ficção brasileira   I. Título

CDD 869.93

Índice para catálogo sistemático:
1.Ficção : Literatura brasileira 869.93

Ficha catalográfica elaborada por Ana Lucia Merege – 4667/CRB7

1ª edição, 2020
Impresso no Brasil/ Printed in Brazil

AVEC Editora
Caixa Postal 7501
CEP 90430–970 – Porto Alegre – RS
contato@aveceditora.com.br
www.aveceditora.com.br
Twitter: @aveceditora

Agradecimentos

A José Ricardo Smithinho, pela ideia de escrever um livro

sobre a Cabanagem no Amapá.

A Elizabeth Magno e Moira Magno, pela ajuda na revisão.

A Roberto Mendes, Rafael Senra, Otoniel Oliveira, Antonio

Eder, Andrei Miralha, Igum Djorge e Romahs, pelas

ilustrações incríveis.

"Matintaperera chegou na clareira
e logo silvou
no fundo do quarto Manduca Torquato
de medo gelou"
(Waldemar Henrique)

"Eu vim trazendo a pororoca
E o povo das malocas para guerrear
Atravessando a verde mata
A verde mata virgem
Só pra chatear"
(Fernando Canto)

PREFÁCIO

Aqui está mais uma obra primorosa do premiado e respeitado internacionalmente escritor Gian Danton. Autor de dezenas de livros sobre jornalismo e quadrinhos, este é o terceiro romance dele. Trata-se de uma história fantástica, instigante e que desperta a curiosidade do leitor para conhecer um pouco mais sobre a Cabanagem (a revolta popular e social que ocorreu na Província do Grão-Pará no período de 1835 a 1840) ir além dos livros didáticos e saber que o movimento também chegou ao Amapá. Ah, mas houve cabanagem no Amapá? Algum leitor poderá perguntar surpreso. Sim. E Gian Danton explica muito bem. Para isso criou o personagem Chico Patuá, que agregou e liderou índios, negros e caboclos que atravessaram matas, rios e igarapés até chegarem em Mazagão, sempre perseguidos pelo governo regencial que escalou para comandar seus soldados um psicopata, figura recorrente nos romances de Danton.

Mas de Belém até Mazagão os cabanos se deparam com Matinta, Jurupari, Cobra Norato, Mapinguari , seres fantásticos da floresta, que tanto podem apoiar o grupo de Chico Patuá, como os soldados do psicopata Dom Rodrigo. E aí a curiosidade do leitor é mais uma vez aguçada, desta feita sobre as encantarias e lendas amazônicas.

O romance mistura história, fantasia, lendas e costumes da região. A religiosidade também está retratada sutilmente na igreja de Mazagão, que serviu de abrigo para os cabanos, e na maior manifestação cultural do Amapá, o Marabaixo.

Para mostrar como a Cabanagem se espalhou por toda a Amazônia e chegou ao Amapá, Gian Danton fez um minucioso trabalho de pesquisa, mergulhou em livros, revistas, artigos e teses. "Mas a ideia de fazer um livro histórico não me agradava. Eu queria fazer uma obra de fantasia histórica", disse o autor. E o resultado aí está: uma belíssima e importante obra que mescla o fantástico com o real e leva o leitor a uma viagem por essa parte da história tão pouco conhecida e pelas lendas e encantarias. Millor Fernandes dizia que há livros que quando a gente larga não quer mais pegar e outros que quando a gente pega não quer mais largar. A "Cabanagem", como os outros dois romances de Danton, são do tipo que quando a gente pega não quer mais largar e quando chega ao final quer voltar para o começo para ler de novo.

Para encerrar não poderia deixar de dizer da honra que senti ao ser convidada para prefaciar este livro, mas devo dizer também que me sinto tão pequena diante da grandeza do talento de Gian Danton e da grandiosidade do conjunto de sua obra.

Alcinéa Cavalcante
Membro da Academia de Letras do Amapá – Cadeira 25

CABANAGEM

Gian Danton

1

Os barcos deslizavam suavemente pelo igarapé, um após o outro. Da floresta vinham os mais variados sons: pássaros, sapos, grilos. De tempos em tempos, uma árvore estalava com um barulho metálico. Era o curupira testando quais delas sobreviveriam a uma tempestade, diziam.

A lua aparecia lá no alto, grande, e iluminava os poucos trechos não dominados pela copa das árvores. Havia uma miríade de sons indistinguíveis. Galhos se avolumavam por cima da água. Raízes surgiam da terra e se afundavam no rio, como mãos tentando agarrar algo. De tempos em tempos, um cipó atravessava de um lado a outro entre uma copa de árvore e outra.

Um animal passou rápido atravessando por um deles. Talvez um macaco.

"Vai chover", pensou Estrondo.

Então algo tocou em seu remo. Algo duro como uma tora de madeira. Mas ao invés de ficar para trás, de ser levado pela correnteza, subiu na direção das outras canoas. Todos pararam de remar e olharam assustados para a forma comprida e escura que se esgueirava pela água ao longo da formação de embarcações. Pelo pouco que emergia era uma forma arredondada tão grande que nem mesmo três homens grandes conseguiriam abraçá-la.

A forma seguia sem fazer barulho e demorou mais de dez minutos para passar completamente pela canoa em que Estrondo estava. "Que tamanho tem isso?", pensou, apavorado.

Quando ultrapassou todos os barcos, afundou.

Os homens estavam agora incapazes de remar. Alguns rezavam. Todos olhavam para a frente, tentando divisar alguma coisa na água. Na floresta, uma onça urrou. Um vagalume surgiu da mata e atravessou o igarapé de um lado a outro, piscando de tempos em tempos. Todo o resto era silêncio.

Então, quando ninguém esperava, quando parecia que o que quer que fosse tinha ido embora, a água explodiu em um jato e algo emergiu. Os barcos balançavam com a onda que a coisa provocou.

Os homens se encolheram, apavorados, menos Chico Patuá, que seguia na primeira canoa. Estrondo podia ver agora do que se tratava, mas custava acreditar em seus olhos: uma enorme cabeça de cobra, maior do que o tronco da maior árvore que ele já vira os observava, seus olhos brilhando sob a luz da lua. A forma se aproximou lentamente, sem se desviar, na direção da proa da canoa onde estava Chico, mas ele não se abalou. Continuou lá, impávido, olhando de frente para a coisa. "Vai nos atacar", pensou Estrondo. "Vai destruir todas as canoas. Não sobrará nada de nós".

Mas ela não atacava. Permanecia lá, parada, como que hipnotizada. Ou como se estivesse se comunicando com Chico.

Então afundou.

2

O dia raiou.

Depois da aparição da cobra, Chico ordenara que montassem acampamento. Dormiram nas redes penduradas nos galhos das árvores e nem mesmo um único carapanã os perturbou.

Mal acordaram, pegaram os barcos e voltaram para os igarapés. Chico queria chegar logo a uma fazenda onde teriam acolhida e poderiam conseguir comida e abrigo.

Agora, ao contrário da noite, as canoas avançavam rápidas, movidas por mãos experientes nos remos.

Foi pouco mais de uma hora que encontraram: toda uma área da margem estava destruída, como se algo grande tivesse se abatido sobre ela. Árvores quebradas, galhos caídos na água, sendo levados pela correnteza. E, em meio aos galhos, corpos.

Estrondo tentou em vão, contá-los. Eram muitos, talvez uns

trinta. Mas pareciam muitos mais pelo fato de seus corpos estarem destroçados. Um braço passou por eles, depois uma cabeça e uma perna. O que sobrara das roupas denunciava: eram soldados. Estavam ali, de tocaia, esperando por eles, suas armas apontadas para a água.

E tinham sido todos mortos. Mortos pela cobra grande.

3

Os passos ecoavam alto pelo palácio do governo. Era um homem enorme. Suas mãos e pernas estavam acorrentadas e dois soldados o escoltavam. Eram homens grandes, mas perto dele pareciam pequenos e raquíticos. Passaram por janelas quebradas, portas sem caixilhos, pisaram em pedras de mármore quebrado. O palácio do governo ainda guardava um pouco de sua imponência anterior depois de tudo por que Belém passara, mas as marcas dos bombardeios ainda estavam bem visíveis.

Finalmente pararam, num salão grande.

Havia um homem ali, de terno, sentado em uma cadeira de espaldar alto. Tinha ar imponente e falava o português do Rio de Janeiro e não a língua geral. O homem acorrentado os olhava em desafio, sem baixar a cabeça. Ao lado dos dois, um soldado já na casa dos quarenta anos, cabelos grisalhos, atarracado, mas atlético. Ao contrário do homem de terno e do prisioneiro, tinham a tez amorenada. Usava uniforme militar, com insígnia de sargento.

– Podem ir. – ordenou o homem de terno, com um gesto displicente.

Os dois soldados se entreolharam:

– Senhor, tem certeza? Digo, este homem já matou...

– Vão embora. O sargento Elmano ficará conosco.

Um dos soldados deu de ombros e girou nos calcanhares, saindo da sala. O outro o imitou.

O homem acorrentado deu um passo na direção das cadeiras. Elmano levou a mão à arma, tenso.

– Sabe quem eu sou? – perguntou ele.

O homem de terno pegou uma pasta e a abriu, folheando os documentos ali dentro de maneira despreocupada.

– Aqui diz, Dom Rodrigo, é isso?

– É como me chamam. – respondeu o outro. Sua voz era potente como um trovão.

– Segundo este documento, o senhor... hum... vejamos... matou pelo menos cinco mulheres.

– Eram minhas esposas. – respondeu o outro, como justificativa.

O outro franziu a testa:

– Aparentemente só uma era. Em todo caso, o senhor acabou sendo preso pelos assassinatos... Na prisão, o senhor assassinou pessoalmente quatro outros presos.

– É preciso manter o respeito. – argumentou o outro.

– Vejamos. O senhor foi libertado quando os baderneiros cabanos invadiram a...

– Eles libertaram todos os detentos como forma de diminuir a resistência oficial. – explicou o sargento.

– Obrigado pela explicação, sargento. – respondeu o homem de terno, olhando com desagrado para Elmano. Mas, vejamos, depois os próprios cabanos o prenderam. Vejamos aqui, segundo relatos, o senhor levou uma moça portuguesa perdida para uma casa abandonada e a matou esganada depois de violentá-la. Não contente com esse episódio, entrou em uma outra casa, agora de uma família simples, e matou uma mulher que ali encontrou, esganando-a. E já estava no terceiro crime quando foi finalmente pego pelos cabanos e novamente aprisionado. Dois homens pereceram quando tentavam aprisioná-lo. Novamente na prisão, o senhor matou três outros prisioneiros e...

O homem de terno franziu o cenho:

– ... e um guarda. Isso está correto?

O homem fez um muxoxo:

– Talvez esteja faltando uma ou outra morte aí. De cabeça me lembro de alguns escravos fugidos que matei com minhas próprias mãos.

Deu um outro passo à frente mostrando as mãos gigantescas.

Elmano voltou a levar a mão à arma. Não saberia dizer se conseguiria atirar antes que o homem gigantesco avançasse contra um dos seus superiores, mas ao menos tentaria.

– E, certamente, não constam as mortes que ainda virão. – sorriu ele.

– Oh, disso eu tenho certeza. – respondeu o homem de terno. O senhor sente prazer em matar, não é mesmo?

– Cada um tira prazer do que pode. – respondeu o gigante e inclinou-se na direção dos dois. Por que me trouxeram aqui?

– Vamos lhe fazer uma proposta. Mas antes...

O homem de terno fez um gesto para que Elmano se aproximasse.

– Por favor, retire os grilhões desse homem.

O sargento titubeou:

– Senhor, tem certeza?

– É o que estou mandando. Não se pode negociar com um homem acorrentado.

O gigante sorriu, trincando os dentes:

– Sim, não se pode negociar dessa forma. Não seria correto.

Elmano se aproximou e usou a chave para retirar os grilhões. Depois voltou para sua posição ao lado do homem de terno.

– Então, qual a sua proposta?

– Queremos que nos livre de um inconveniente.

– E o que eu ganho com isso?

– Se fizer isso, terá sua liberdade e sua fazenda de volta. Além disso, posso garantir que esse pode ser um inconveniente que temos em comum. Como posso dizer? Uma ponta solta de seu passado.

O homem de terno estendeu-lhe um papel. O gigante abriu-o e leu o que estava escrito. Seus olhos pareceram brilhar de puro ódio.

— E onde está esse inconveniente? — indagou ele, guardando o papel no bolso da calça.

— Está pelos rios e igarapés, espalhando por lá a semente da sedição.

— Hm. E terei liberdade para usar os meus métodos? O senhor tem consciência de que está libertando um assassino?

— Precisamos de um assassino. Pode fazer o que achar necessário, desde que mate esse homem em específico e acabe com esse magote. Colocaremos um grupo de soldados sob seu comando. O sargento Elmano irá com você. O senhor está livre por enquanto. Vá e se prepare o mais rápido possível para a viagem.

Elmano já ia saindo com o gigante, quando o homem de terno o chamou:

— Sargento?

— Sim, senhor.

— Garanta que a missão seja um sucesso. Que os objetivos sejam alcançados. E quando isso acontecer, mate-o!

4

Estrondo movimentou lentamente o remo na água, quase como se temesse algo. O rio estava vermelho de sangue. Um pedaço de perna passou por ele. Piranhas mordiscavam-no, arrancando pequenos pedaços. Um quepe de soldado passou por eles virado para cima. O negro olhou dentro dele e o que viu quase o fez vomitar: havia pedaços de uma massa estranha ali dentro, como pequenos vermes amarelados-cinzentos. Eram restos de um cérebro.

A cobra, a cobra grande tinha feito aquilo. Para salvá-los.

Bem se dizia que Chico Patuá tinha um pacto com os seres da floresta, que eles o protegiam. Falava-se que era impossível matá-lo. Para alguns, era o patuá, o pequeno saco de couro que ele trazia pendurado no pescoço. Ninguém sabia o que havia dentro daquela pequena trouxa, uma oração, diziam alguns, um feitiço, garantiam outros. O que quer que fosse, o protegia e era por isso que o chamavam de Chico Patuá.

Foi a fama dele que chegou primeiro na fazenda em que Estrondo era escravo, na época em que ele ainda se chamava José:

– Chico Patuá está vindo pelo rio!

– Chico patuá irá nos libertar!

– O magote está vindo. Várias canoas amarradas vindo para nos libertar!

– O homem tem corpo fechado!

As frases eram sussurradas entre os escravos enquanto estavam na lavoura, longe dos feitores. Falar nos cabanos era encrenca certa para cada um deles, mas falar de Chico Patuá era morte certa. "É preciso dar o exemplo", dizia o patrão.

Mas isso não mudava o fato de que Chico Patuá estava vindo, remando rápido, as canoas amarradas umas às outras, estava vindo libertá-los como fizera com outros escravos. Ele estava vindo pelo igarapé e chegaria a qualquer momento. No final, já era como se ele estivesse ali, tal era a certeza do fato. Era como se já estivessem libertos. Então por que esperá-lo? Por que não começarem ali a libertação?

O destino decidiu por eles.

Estavam voltando da lavoura quando o velho Barnabé escorregou e caiu, derramando no chão do trapiche um feixe de cana de açúcar que trazia consigo. Um dos capatazes se aproximou com o chicote e passou a açoitá-lo. Estrondo, que então se chamava José, correu até ele e colocou-se na frente da chibata.

– Saia da frente, negro imprestável! – gritou o capataz. Saia da frente ou vai receber você também a sua parte!

Os outros dois capatazes gargalharam, mas pararam de rir quando viram Estrondo pulando sobre ele. O negro o agarrou por trás e enforcou-o com o braço direito. Era estranho, o capataz sempre parecera forte, mas agora, ali, dominado e sem o chicote, parecia fraco como um espantalho.

– Solte ele, negro! Solte! – gritaram os capatazes. Mas agora todos os outros escravos tinham parado seus afazeres e os olhavam, dando pequenos passos para frente.

– E vocês, voltem ao trabalho, agora! – gritou um dos feitores, estalando o chicote.

Ninguém disse nada. Continuaram se movimentando.

Um dos homens com a chibata na mão agora tremia, apavorado, enquanto o outro gritava com os negros.

– Nem mais um passo! Vão embora ou mando todos para o tronco!

Silêncio. Os negros se entreolhavam. Um dos capatazes levantou a chibata, ameaçando um golpe, mas, ao mesmo tempo, o outro saiu correndo. Foi o bastante para que os negros pulassem sobre o que ficara.

Ele foi jogado no chão e se revezaram com socos e chutes. O homem se encolheu e levou os braços à altura do rosto, tentando se proteger, mas logo nem isso adiantou muito. Então alguém se lembrou da chibata que ele havia deixado cair. Começaram a chicoteá-lo, como por brincadeira, rindo enquanto ele tentava em vão se esquivar dos golpes.

José não gostou daquilo. O outro feitor ainda estava ali, preso em suas garras de ferro. Enquanto os escravos brincavam de chicotear o feitor, o outro que fugira poderia estar voltando com reforços, talvez até com armas de fogo. José pegou o rosto do homem que estava sob seu controle e girou-o. Houve um estalido, como algo se quebrando, e o homem desabou em seus braços. O negro jogou-o ao chão, como se jogasse um saco de batatas e avançou na direção do que estava caído. No meio do caminho pegou um pedaço de pau. Bastou um único golpe e os miolos do capataz estavam espalhados pela grama baixa.

– Para a casa grande! – gritou ele. E o grupo enorme avançou, pegando enxadas, paus, os dois chicotes, tudo que pudesse servir como arma.

José esperava resistência, mas, ao que parecia, a família do fazendeiro não havia sido avisada da revolta.

Entraram pela porta da frente.

Os brancos fugiam. Um dos negros agarrou a esposa do fazendeiro e sumiu com ela pelo mato. Outros pegavam prataria, quadros, comida, roupas, qualquer coisa de valor.

O dono da fazenda jazia no chão, meio desacordado, com um machucado na testa. Uma das escravas o levantou pela gola da camisa. Era incrível como ele parecia fraco agora. Ela o segurava com uma mão e com a outra segurava uma faca. Disse algumas palavras, lembrando o fazendeiro de uma ofensa recebida e perguntando-lhe como se sentia em estar na posição oposta. Então desferiu um golpe certeiro e a faca fina enterrou no olho do homem.

O fazendeiro jogou-se no chão, estrebuchando e gritando de dor, tentando em vão retirar a faca. A mulher o olhava e ria. Finalmente alguém teve a ideia de amarrar-lhe uma corda à canela e puxá-lo por ela. Arrastaram-no pela casa até a varanda, onde o penduraram pelos calcanhares, de cabeça para baixo.

Alguém trouxe um tição da cozinha e ateou fogo às suas vestes. O homem se contorcia, urrava, girava na corda, consumido cada vez mais pelas chamas, que se alastraram pelo madeirame. Logo a casa inteira estava em chamas.

Os negros fugiam de lá trazendo consigo os objetos de valor.

Um deles abordou José:

– José, vamos para um mocambo. Dizem que há um aqui perto. Você vem conosco, José?

20

– Meu nome não é mais José. Esse foi o nome que os brancos me deram. É nome de escravo. A partir de agora sou Estrondo.

– E vem conosco?

– Não.

Ficou lá parado, olhando os outros indo embora. Quando não restava mais ninguém voltou para o trapiche e sentou-se, olhando para o rio. Ficaria lá até que o magote de Chico Patuá chegasse.

5

Gritos desesperados ecoavam no porão do brigue:

– Água! Água!

Mas não havia água.

O calor era infernal, duzentas e oitenta pessoas apinhadas no local escuro e quente.

Alguns lambiam a umidade vinda da madeira. Outros gritavam de agonia, acometidos por dores atrozes na cabeça e no peito. O sufocamento era desesperador.

– Água! Água! – imploram.

Alguém jogou um balde de água retirado do rio. Água suja, barrenta. O balde caiu sobre a cabeça de alguém, que desmaiou. Outros se aglomeram ao redor dele, lutando por uma gota.

Então, tiros.

Os gritos agora recrudescem, pois a agonia da sede se junta ao clamor dos feridos. Calor, muito calor, como o inferno na terra.

– Água! – gritam eles. Água!

Os homens agora já não são humanos. São como vermes se movendo em uma caixa.

Alguns se matam batendo a cabeça contra o piso do porão. Os gritos nunca param. Nunca param. Eles ecoam pelo tempo e pelo espaço. São gritos horrendos.

Algo branco cai sobre eles. Cal branco se espalha como um

fantasma mortal. Eles sufocam e morrem, um a um. O gritos, entretanto, continuam. Os gritos nunca acabam.

– Mano! Mano! – está bem? – indagou uma voz distante.

– Hm?

– Você estava tendo um pesadelo.

O sargento Elmano se levantou, atônito e olhou em volta, tentando se situar. Estava na rede, no porto. Agora se lembrava. Estavam lá, esperando até que Dom Rodrigo aparecesse e resolvesse partir.

Levantou-se e andou até uma tina. Lavou o rosto.

– Tenho tido esses pesadelos faz muitos anos. Já ouviu falar do brigue Palhaço?

Duarte fez que não com a cabeça.

– Você é de onde?

– Rio de Janeiro. Vim no navio do Andrea.

O outro inspirou fundo.

– Isso explica.

– Brigue é um navio, não? Por que se chamava Palhaço?

– Ninguém sabe me explicar. Alguns disseram que foi por conta do que aconteceu lá. A maior tragédia que alguém poderia presenciar. E eu estava lá.

Tomou um gole d´água e ficou um momento em silêncio, como se tentasse colocar as lembranças em ordem.

– Quando o Brasil se tornou independente, algumas províncias não aceitaram isso. O Pará foi a última a aderir. Belém era mais próxima de Lisboa do que do Rio de Janeiro, além disso, quem mandava aqui eram os portugueses, porque se tornariam independentes? D. Pedro mandou um navio com um mercenário inglês, Greenfell, para assegurar a adesão do Pará, por bem ou por mal. Ele conseguiu isso fazendo um acordo com os portugueses: eles aceitavam a independência e em troca mantinham seus privilégios e continuavam mandando em tudo.

– Era um bom acordo.

– Para os portugueses era. Para os brasileiros não. Especialmente para os índios e negros. Eles esperavam que algo mudasse com a independência, mas tudo continuava como antes. Já ouviu falar das índias de corda?

– Índias de corda?

– São meninas tapuias sequestradas das famílias para servirem à lascívia dos portugueses endinheirados. São chamadas assim porque furam suas orelhas e passam por elas uma corda para transportá-las pela mata. Se uma tenta fugir, a corda provoca dores terríveis nas outras.

Duarte olhou-o em silêncio, sem acreditar.

– Assim são as coisas. E assim continuaram sendo após a independência. Os tapuios e negros se revoltaram. Muitos soldados se uniram a eles. Lojas de portugueses foram depredadas e saqueadas. Greenfell foi firme. Prendeu vários soldados da província e escolheu cinco aleatoriamente. Mandou fuzilá-los. Mandou prender o cônego Batista Campos e amarrou-o à boca do canhão, ameaçado atirar. Para o inglês, o cônego era responsável pela revolta.

– Que horror! E ele fez realmente isso? Ele atirou no cônego?

– Não, no último minuto várias pessoas importantes da província imploraram e o inglês libertou Batista Campos. Mas o horror estava apenas começando. Ele mandou os soldados percorrem as ruas de Belém prendendo qualquer pessoa suspeita de ter participado da revolta. No final, trouxeram 256 pessoas, entre civis e militares. Não havia prisão para toda essa gente, então amontoaram todos no porão de um navio, o brigue Palhaço. Eram muitos em um espaço muito pequeno, num calor infernal, sufocados, sem ar. Eles começaram a gritar por água, mas o inglês ordenou que não dessem. Queria que morressem de sede. Um dos soldados o desobedeceu e jogou um balde de água do rio. Eles lutaram entre si pela água. Alguns já morreram ali. Foram os mais felizes. Outros foram morrendo ao longo do dia, alguns arrebentando suas cabeças contra a madeira do porão. Os que sobravam, por entre os cadáveres, gritavam e imploravam por misericórdia, água, ar. A gritaria começou a afetar os soldados. Alguns já pensavam em se rebelar. Temendo uma revolta, o inglês mandou atirar contra os prisioneiros. Os gritos de agonia só pioraram. Então veio a solução final: alguém trouxe cal virgem. Jogaram lá dentro e fecharam a escotilha. Ainda havia muita gente viva. Morreram todos sufocados. Quando abriram, era um mar de corpos. Foram encontrados três que ainda respiravam, mas morreram logo depois.

– Como... como você sabe disso?

– Aqui todos sabem. O norte se lembra. Mas eu lembro de tudo nos mínimos detalhes porque eu estava lá. Eu fui um dos soldados que atiraram nos prisioneiros. Fui um dos soldados que ajudaram a recolher os corpos...

Duarte balbuciava:

– Isso explica os pesadelos.

Mano fez que sim com a cabeça.

– Então, vamos partir ou não? – ecoou uma voz próxima deles.

Dom Rodrigo se aproximava. Vinha por entre as pessoas da feira, empurrando-as om seus ombros largos, arrogante. Nem parecia um homem que estivera preso por meses.

– Vamos, entrem nos barcos! Temos cabanos para matar! – ordenou.

6

– Jambo! – gritou Mura, lá de cima.

E logo começaram a cair frutos. As crianças se empurravam na disputa para ver quem pegava mais. Alguns homens também entraram na brincadeira, Estrondo entre eles.

Chico observava à distância, na varanda da casa. Ali, ao lado, a mulher cozinhava no fogão à lenha. O cheiro do peixe frito se espalhava pelo ar.

– Obrigado por nos abrigar. – disse Chico para Raimundo, o dono da casa.

– Vocês são sempre bem-vindos. Já sofremos muito nas mãos dos portugueses e das principais famílias. Alguém tinha que fazer alguma coisa.

– Sim, mas agora o governo imperial mandou o Marechal Andrea, que derrotou Angelim e tomou Belém.

– Onde está Angelim?

– Escondido em algum lugar, nem nós sabemos. Eu estou indo para o Amapá. Dizem que é um bom local para nós cabanos, um local em que a repressão de Andrea ainda não chegou. Além disso, talvez possamos contar com a ajuda dos franceses vindos da Guiana.

– O Pacificador. – lembrou Raimundo, com um muxoxo de indignação. O homem está matando gente até não poder mais. Até gente que não participou da revolta.

– E a repressão está vindo atrás de nós. Você corre sério risco ao nos dar abrigo.

– Sou só um ribeirinho. Um pobre agricultor. Não participei da revolta. O que eu tenho a temer? Nada.

– Chico, já quer almoçar?

Era a mulher de Raimundo que chamava. Ana era uma garota jovem para Raimundo, mas parecia amá-lo. Era ainda bonita, morena, as pernas e os pés aparecendo rápidos sob o vestido de chita.

– O peixe está na mesa. Já levo o açaí.

Outros homens do grupo de Chico vieram sentar-se. Maria trouxe o açaí em uma tigela. Um dos homens lançou-lhe um olhar lascivo, imediatamente reprimido por Chico com uma única mirada.

– E os dois não vêm? – perguntou Raimundo.

– Mura está lá em cima da árvore de jambo. Não desce tão cedo.

Se bobear, é capaz de dormir ali. Eu mesmo me surpreendo com ele. É como um fantasma quando quer.

– E o outro, o negro?

– O que tem?

– É de confiança?

– Estrondo era escravo em uma fazenda próxima de Curralinho. Os negros se revoltaram e fugiram para um mocambo. Ele ficou lá, correndo o risco de ser pego, mas me esperando. Tem verdadeira idolatria por mim. Pode ter certeza, é homem de confiança.

– Certo. Coma. Tem bastante. Peguei muito peixe na malhadeira hoje.

7

Estrondo e Mura comiam jambos sentados, encostados no jambeiro. As crianças já haviam ido embora, mas eles ainda tinham um cesto de frutos. Comiam e lançavam o caroço à distância, disputando quem jogava mais longe.

– Dizem que você estava lá. – começou Estrondo.

– Lá onde?

– No início... da revolta.

– Chico também estava.

– Chico não fala. Pouca gente sabe sobre ele, quem é, de onde veio, o que tem naquele saquinho de couro que leva preso ao pescoço.

Mura deu uma mordida grande no jambo e mastigou. O fruto estava vermelho vivo, muito maduro.

– É um patuá. Dizem que se descobrirem o que há ali dentro ele perde o corpo fechado. E, sim, eu estava lá. Batista Campos tinha fugido da capital, perseguido pelo Malhado e pela maçonaria.

Estrondo fez o sinal da cruz ao ouvir a palavra.

– Malhado era o governador Lobo de Souza mandado pela regência. Chamavam ele assim por causa de uma mancha branca no cabelo. O apelido foi dado pelo Batista Campos e logo pegou. O cônego estava escondido na fazenda de José Malcher. O Malhado não se contentou. Mandou invadir a fazenda. Morreram muitos. Manuel Vinagre foi um. Malcher foi preso. Batista Campos, dizem, fugiu. No meio da mata, dias depois, acabou morrendo. O Malhado e o governo dizem que ele se machucou com uma navalha e a ferida infeccionou. Conversa. Mandaram matar ele de morte bem matada, pode ter certeza. Os irmãos Vinagre e Eduardo Angelim percorreram os igarapés da região convocando gente para invadir a capital, vingar o padre e libertar Malcher. A minha tribo inteira aderiu. Eu fui o primeiro. Queria vingar o meu pai.

– Seu pai?

– Um grupo de brancos estava caçando na mata quando se depararam com meu pai, que tinha vindo de uma pescaria. Ele estava desarmado, só com a zagaia. Caçaram ele como um animal. Mas não contavam que tinham encontrado um mura. Ele ainda feriu um deles e quase matou, mas acabaram com ele com um tiro. E jurei vingança contra os brancos. Quando Angelim apareceu na tribo, chamando o pessoal para Belém, eu senti que era hora da minha vingança.

– E quantas pessoas eram? Quantos Angelim conseguiu juntar?

– Eram mais de mil homens.

– Mil? – repetiu Estrondo, incrédulo.

– Se bobear, mais. Era muita gente. O governador não desconfiou porque a cidade estava em festa, dia de reis, depois do dia de São Tomé. Era normal o pessoal ir para Belém comemorar. Vinagre e Angelim distribuíam armas, mas muita gente tinha trazido enxadas, foices, facões. Enquanto isso os ricos comemorado. Eles deviam achar que o povo nunca teria coragem de se revoltar. Invadimos a cidade à noite. Invadimos o palácio do governo, a casa de armas. Mas queríamos o Malhado.

– Onde ele estava?

– Tinha ido para a casa da amante e só percebeu o que estava acontecendo quando a revolta tinha estourado. Ele fugiu da casa da amante e foi se escondendo de casa em casa, passando pelos quintais, tentando chegar ao palácio do governo. Foi o índio Domingos que viu ele e atirou. Um tiro só e o homem morreu.

– Um tiro?

– Domingos era bom de tiro. Mas parecia muito pouco para tudo que tinha acontecido. Eu estava do lado de Domingos e ajudei ele a arrastar o corpo pelas ruas. A gente andava e gritava: O Malhado, pegamos o Malhado! O povo foi ajuntando, cada um parecia querer um pedaço do governador. Socos, pontapés, pedaços de pau. Quando enterramos ele e o chefe das armas na cova rasa, não tinha sobrado muita coisa. Enquanto isso, outros libertavam Malcher. Junto com ele, libertaram todos os outros presos. As famílias dos brasileiros poderosos depois se reuniram e decidiram que José Malcher seria o novo novo governador. Eu não gostei. Ninguém gostou, mas ninguém achou que ele fosse o traidor que acabaria se tornando... Vamos, Chico está chamando.

– E o resto da história?

– Fica para outro dia.

8

– Ele não rema? – reclamou Duarte.

Mano fez um gesto de silêncio e apontou para a frente, como quem diz: ele está ouvindo.

Dom Rodrigo ia na frente do barco, impávido, as mãos apoiadas na madeira, o olhar de águia perscrutando o rio.

Já era quase noite. O sol se punha atrás das árvores. Um peixe pulou e abocanhou um inseto.

– Para onde estamos indo, senhor? – perguntou Mano.

– Remem!

Atrás deles, duas outras canoas menores traziam soldados. Suas armas haviam sido depositadas no chão para liberar as mãos para o uso dos remos.

Continuaram avançando até se depararem com uma casa à beira rio. Era de madeira, construída sobre palafitas altas. Um trapiche longo saía dela e adentrava o rio.

Dom Rodrigo apontou para o trapiche e embarcações mudaram o rumo, aproximando-se da margem.

Havia uma escada ao lado do trapiche, permitindo acesso ao rio. Uma menina tomava banho no rio. Quando viu os barcos, ela saiu apressada, subiu as escadas pulando os degraus e correu pelo trapiche na direção da casa.

Os barquinhos se aproximaram do trapiche. Duarte pulou na escada e amarrou nela uma corda ligada ao barco.

Dom Rodrigo desceu. Era tão grande que quando desembarcou a canoa subiu como se estivesse sem peso.

Subiu as escadas fazendo os degraus de madeira rangerem com seu peso. Vinha desarmado, mas os soldados que vinham atrás traziam armas.

Lá no trapiche, próximo à casa, um homem esperava por eles. A mulher e a filha estavam atrás dele, como que se protegendo.

– Olá, boa noite. – saudou Dom Rodrigo.

– Boa noite. – respondeu o homem.

– Meu nome é Rodrigo, mas gosto que me chamem de Dom Rodrigo.

O outro fez um muxoxo:

– No que posso ajudá-lo, DOM Rodrigo?

– Para começar, ficaria muito grato se tivessem algo para comer. Foi um dia duro e temos ainda muito caminho pela frente.

– Adoraria ajudá-los, mas não tenho comida para tanta gente. – respondeu o outro.

– Oh, não, não... eu não pediria isso. Comida para toda a minha tropa? Não, não, sei que o senhor é um pobre agricultor... mas se tiver um pouco de açaí para mim...

– Tenho um pouco de açaí e camarão.

– Perfeito! Estamos resolvidos. Açaí com camarão é perfeito!

O homem fez um gesto, indicando a porta da frente. Dom Rodrigo foi na frente, os soldados atrás. Por último entraram Raimundo, sua esposa e filha.

– Maria, pegue um pouco de açaí e camarão. Senhor, por favor, venha por aqui.

Entraram na cozinha. Os soldados ficaram alguns na porta, os outros espremidos junto à parede.

– Maria. Então sua jovem esposa se chama Maria. – comentou Dom Rodrigo, sentando-se.

– Sim, senhor.

– Bonito nome. Não tão bonito quanto ela, claro.

– Obrigado, senhor. – respondeu Raimundo, entre os dentes.

– Uma moça realmente muito bonita. O senhor tem quantos anos?

– Trinta e nove, senhor.

– É a sua primeira esposa?

– Não, tive uma outra, mas ela morreu antes de me dar filhos.

Maria aproximou-se com uma cesta de camarão e uma tigela de açaí. Dom Rodrigo serviu-se.

– Oh, mas agora o senhor está casado com uma moça jovem e bonita e tem uma filha. É um homem de sorte. Há homens que nunca encontram uma mulher. O meu sargento ali, Elmano, até hoje não arranjou esposa, não é mesmo, Elmano?

– Sim, senhor.

– Alguns diriam que ele não gosta da fruta. Vai ver não gosta mesmo.

Dom Rodrigo deu uma longa gargalhada.

– Mas talvez seja puro azar.

O homem enorme metia a mão no cesto e pegava vários camarões, jogando-os na boca e comendo sem descascar. Arrematava tudo com colheradas generosas do líquido preto.

– Veja, a vida é sorte e azar. O senhor teve a sua cota de azar, mas agora, ao que parece, está tendo muita sorte. Uma bela esposa e uma bela filha. Oh, sim, sorte é algo que se deve manter, não concorda?

Raimundo fez que sim com a cabeça.

– Sim, seria terrível se sua sorte mudasse, embora isso possa acontecer com qualquer um.

Dom Rodrigo olhou para a tigela. O açaí acabara. Deu um suspiro e levantou da mesa, limpando a boca nas mãos e as mãos na camisa.

– Fico realmente grato. Foi uma bela refeição, numa ótima companhia.

Agora já estavam na sala.

– Eu agradeço muito a acolhida. E desejo felicidades para essa família... Ah, claro, já ia me esquecendo!

Fez um gesto e os homens apontaram suas armas para Raimundo. A menina tentou fugir, mas Dom Rodrigo agarrou-a.

– Como disse, o senhor tem uma bela família. Tem sorte, e seria realmente uma pena se sua sorte mudasse. Sabe, tivemos informações de que o senhor acoitou um foragido da justiça, um baderneiro, um tal de... Chico Patuá.

– Eu não sei nada sobre isso.

O homenzarrão fez um gesto e um dos soldados socou a barriga de Raimundo, que se dobrou sobre si mesmo, mas foi levantado pelos outros militares.

– Ah, por favor. Assim o senhor me decepciona. Vamos fazer assim: o senhor não mente e não sente mais dor. Acha que é um bom acordo? O que me diz?

O outro não respondeu, mas respirava ofegante. A esposa tentou sair da sala, mas Rodrigo usou a mão livre para jogá-la contra a parede.

– Bem, vamos voltar ao nosso diálogo, agora que estamos acertados que todos aqui dirão a verdade. Nós sabemos que o senhor recebeu Chico Patuá em sua casa e lhe deu comida. Perdoamos isso, mas queremos saber para onde ele foi. E você vai nos contar.

Raimundo só o olhava, em silêncio, os olhos crispando de raiva.

– Sabe porque tenho certeza de que vai nos contar? Por que sei que ama sua filha.

O homem agarrou a menina pelo pescoço, seus dedos enormes envolvendo-os e pressionando.

– Vamos lá. O que pode valer a vida de sua filha? É só nos contar e nós saímos por aquela porta.

Apertou mais. A menina tentava desesperadamente se livrar das garras que pressionavam seu pescoço, como um náufrago que luta contra o afogamento.

– Então?

– Eu conto, eu conto tudo que quiser.

– Ah, olhem só. Não só é um homem de sorte. É também um homem sensato. Então me diga, para onde foi Chico Patuá, para onde ele foi levar o seu magote?

– Para o Amapá. Ele está indo para o Amapá.

A mão ainda agarrava o pescoço da menina, mas já não apertava.

– Para onde exatamente no Amapá?

– Para Mazagão, ele está indo para Mazagão! Agora solte a menina!

Dom Rodrigo sorriu um sorriso largo.

– Muito bem, muito bem! Mas confesso que esperava que o senhor resistisse mais. Afinal, um homem como eu precisa de um pouco de diversão, não é mesmo? – disse ele, enquanto lançava a cabeça da menina contra a parede. A menina deu um grito. Foi a última coisa que fez antes de sua cabeça estourar contra um caibro de madeira.

Raimundo gritou e pulou na direção de Dom Rodrigo, mas foi detido pelos guardas, atônitos. A mulher correu na direção da filha e abraçou-a, chorando.

– Oh, por favor. Sem tanto drama. – pediu Dom Rodrigo. Estou fazendo um trabalho pela civilização e preciso de pagamento. Um homem como eu precisa de emoções...

Foi até a mulher e empurro-a no chão.

– ... e um pouco de diversão de vez em quando.

Colocou-se acima dela, espremendo-a com seu corpo enorme. A mulher se debatia e o socava. Dom Rodrigo sorria.

– Isso, lute! É assim que eu gosto.

Levou uma das mãos para o pescoço da mulher e apertou. Maria lutava agora pelo ar que lhe faltava.

Dom Rodrigo aumentava cada vez mais suas investidas. A mulher o esmurrava cada vez com menos força. Quando ele finalmente chegou ao ápice, ela já não se mexia.

Dom Rodrigo se levantou. Então pareceu lembrar-se de algo. Pegou uma faca na cintura e tirou com ela um tufo de cabelos da mulher.

– Vamos homens, temos trabalho a fazer. Vamos matar cabanos!

Os soldados se entreolharam, como se não acreditassem no que tinham acabado de presenciar, mas o seguiram.

Raimundo, agora solto, aproximou-se da mulher e da filha. Abraçou-as, chorando e jurando vingança.

9

Dom Rodrigo abriu o embornal que trazia consigo e tirou de lá o conteúdo: vários tufos de cabelos enrolados em fitas de couro. Olhou à volta: todos os homens dormiam dentro de suas redes. Alguns roncavam alto. A lua cheia iluminava a clareira, mas mesmo que não pudesse ver, ele conseguiria distinguir cada um daqueles tufos apenas pelo tato. Tinha manuseado cada um dele centenas de vezes, imerso em lembranças.

Pegou um deles e fechou os olhos. Ah, sempre ela. A primeira. De alguma forma seus dedos se encarregam de escolhê-la primeiro, talvez por ter rememorado tantas vezes. Cabelos crespos e pretos. Ela tinha o que, treze anos? Olhos grandes, assustados, pernas roliças e ágeis. Sua pele tinha cheiro de canela.

Rodrigo tinha doze anos. A mãe tinha morrido de parto e o pai o criou até os dez anos, depois o levou para a fazenda e nunca mais apareceu. Estranho, por mais que se esforçasse, não conseguia fixar a imagem do pai, seu rosto. Sempre que o fazia, aparecia a imagem do avô, Dom Diogo. Era um velho austero, de bigodes pretos fartos. E era um homem enorme, talvez até mesmo maior que ele agora. Era espanhol, por isso era chamado de Dom. Quando cresceu, Rodrigo fez questão de usar o mesmo título.

Gostava da fazenda. O avô, tão austero com os outros, era liberal com ele. Permitia que ele passasse o dia lá fora. Gostava de matar galinhas, porcos. Aprendera cedo e sempre se prontificava quando a cozinheira pedia carne para o almoço.

A menina era filha de uma das escravas da lavoura. Talvez tivesse visualizado a chance de entrar na casa grande fazendo sexo com o neto querido do patrão. Ou talvez simplesmente tivesse se sentido seduzida por ele, por seu porte imenso para um garoto de doze anos.

A menina o pegou pelo braço e correu com ele até o mato.

Deitou-se de costas no chão e abriu as pernas. Como não soubesse o que fazer, a menina o puxou para si, abrindo sua calça. Em pouco tempo estava dentro dela. Mas, por alguma razão aquilo não o satisfazia. Já tinha ouvido falar desse tipo de coisa, mas perguntava-se agora: é isso? A menina gemia e sorria, mas o sorriso dela agora parecia de escárnio, como se estivesse rindo da performance dele. Teve raiva e levou as mãos ao redor do pescoço dela, apertando. A menina esbugalhou os olhos e segurou seus braços tentando se livrar e sair.

Aquilo o excitou. Ela falava, pedindo para ele parar, e quanto mais falava, mais excitado ele se sentia. Breve, já não havia mais palavras, mas apenas ganidos de agonia. Oh, até hoje ele se lembrava da sensação incrível que sentiu quando finalmente chegou ao fim.

Era algo tão bom, uma sensação tão incrível que gostaria de rememorar para sempre aqueles poucos minutos. Levantou-se e foi até a cozinha. Pegou uma faca e voltou. Cortou um tufo do cabelo da menina e guardou. Depois foi embora deixando o cadáver ali, exposto, na mata. Sabia que não seria responsabilizado. Ninguém ousaria acusar o neto do dono da fazenda. E quem o fizesse, certamente teria um lugar no pelourinho.

Mexeu de novo nos embrulhos.

Pegou um tufo. Cabelos claros, cor de palha.

Era uma prostituta. Tinha vindo do nordeste. Nem mesmo perguntou o nome. Fazia ponto em uma das ruas de Belém. Foram para um beco escondido e fizeram em pé. Ela tinha unhas longas e arranhou suas costas quando ele começou a esganá-la. Mas adiantou de pouca coisa. De uma coisa ele se lembrava bem: ela rangia os dentes antes de morrer.

Pegou outro tufo. Cabelos oleosos e anelados. Uma mulher que ele encontrou num bar. Estava bêbada e falava palavrões. Quando ele a convidou para irem para o mato, foi, trôpega. "Maldito! Amaldiçoado!", gritava ela enquanto ele apertava seu pescoço. Logo não dizia mais nada.

Pegou outro tufo. Cabelos castanhos, anelados. Tinha olhos verdes, ingênuos. A pele muito clara.

Não sabia o nome dela. Quando os cabanos entraram na prisão, libertaram todos os prisioneiros, inclusive ele. Quando saiu à rua, percebeu que aquele era o mundo ideal para ele: a cidade estava um caos. Pessoas andavam pela rua carregando objetos saqueados de lojas de portugueses. Outros entravam nas casas dos homens ricos e levavam tudo que podiam. As principais famílias fugiam da cidade em pequenos barcos e pediam refúgio nos navios estrangeiros ancorados na baía.

Era só andar por ali como uma aranha caminhando por sua teia e esperar que alguém caísse nela.

A garota tinha porte. Estava bem vestida, a pele pálida de quem sai pouco ao sol. Olhava à volta, como quem não sabe onde está. Devia ter se perdido da família quando da fuga.

Dom Rodrigo se aproximou e ofereceu ajuda. Se fosse uma daquelas pessoas do povo, um dos cabanos, ela provavelmente teria fugido. Mas ele nitidamente era alguém de família, falava bem, tinha porte, postura. Ela confiou totalmente nele.

– Vamos para minha casa até encontrarmos sua família. Não se preocupe. Tenho amigos que podem achá-los.

– Obrigada, senhor. Não tenho palavras para agradecer tudo o que está fazendo por mim.

Dom Rodrigo já tinha achado uma casa abandonada que serviria aos seus propósitos. A porta estava destrancada.

– Pode entrar. Peço que não repare na bagunça. Esses animais destruíram e roubaram tudo que podiam.

– Oh, por favor. Eu achava que iria dormir na rua. Estou muito feliz pelo senhor ter me acolhido. – disse ela, abaixando os olhos.

Ele a levou a um dos quartos e fechou a porta. Não se preocupou em tampar sua a boca. Podia gritar à vontade. Havia muitos tiros, pessoas berrando. Ninguém ia reparar em uma mulher gritando.

E ele gostava mais assim. Seus olhos ingênuos giravam rápido dele para a porta como se isso a possibilitasse fugir enquanto ele apertava seus dedos ao redor do pescoço dela.

Ela abria e fechava a boca como um peixe tentando respirar fora da água. Até que não havia mais ar. Provavelmente morreu sem entender o que estava acontecendo.

Estava já em êxtase. Lembrar era como viver de novo aquelas sensações.

Pegou outro tufo. Cabelos lisos, pretos.

Essa era especial. Era linda. Dom Rodrigo fascinou-se com ela quando a mameluca atravessava a feira do povoado. Tinha passos lépidos e um sorriso de dentes perfeitos como pérolas. Os olhos brilhavam como jabuticabas maduras. Os seios volumosos, mas firmes. Os olhos eram oblíquos, felinos e ferozes. Andava pelas ruas, puxando um garoto pela mão e por onde passava os homens abriam caminho para ela.

Todas as outras tinham sido ocasionais. Algumas ele nem mesmo sabia o nome.

Mas Ana tinha sido especial. Ele a seguiu pelas ruas até perdê-la no meio da multidão.

Estava obcecado pela mameluca. Foi de novo na feira vários dias depois, procurando por ela, em vão.

Foi quase uma semana depois que a encontrou, por acaso, andando na rua. Aproximou-se e falou com ela, mas ela simplesmente o ignorou. Isso a tornou ainda mais especial. Seja por seu porte ou sua tez branca, ou pelo fato de ser neto de um dos fazendeiros mais ricos da região, nenhuma mulher jamais lhe dissera não.

Seguiu-a até a casa. Descobriu que morava na periferia da cidade, com os pais. Tinha um filho de sete anos, mas ninguém sabia quem era o pai. A moça dizia que tinha sido fecundada pelo boto.

Resolveu fazer algo que nunca tinha pensado em fazer: pediu a moça em casamento para os pais. Eles aceitaram, mesmo indo contra a vontade dela. Casaram-se em cartório e a levou para a antiga fazenda de seu avô. O velho morrera e agora era ele o proprietário. Mas a moça era arisca. Fugia dele. Dormia em um quarto separado, sempre com o filho. Trancava a porta.

Dom Rodrigo a cada dia aumentava seu ódio pela mulher e principalmente pelo garoto.

Um dia, simplesmente pegou um machado e arrebentou a porta. O moleque não estava mais lá, mas a mulher sim.

O gigante pulou sobre ela, agarrando-a pelo pescoço. Ela resistiu, mas sabia que estava condenada. Matou-a ali mesmo, em pé , pressionando-a contra a parede e apertando cada vez mais o pescoço. O último olhar que ela lhe lançou foi de ódio, mas para ele pouco importava. Estava acabado, ele realizara seu desejo e fora muito bom. Só lamentava não ter matado também o moleque.

Mas, apesar de ter sido bom, foi um erro.

Quando terminou, ele a levou ao trapiche e jogou o corpo no rio. Diria a todos que ela se afogara enquanto tomava banho. Para isso, precisou atravessar todo o pátio e foi visto por escravos e funcionários. Além disso, muitos ouviram quando ele arrombava a porta do quarto.

Logo surgiram denúncias. Ele tinha sido descuidado em muitas outras vezes. Sempre que uma mulher aparecia morta ele tinha sido visto com ela pouco antes do crime. Chegou um ponto em que a polícia não teve outra opção senão prendê-lo. O avô agora estava morto e não poderia interceder por ele. Foi mandando para a prisão, onde ficou anos, até ser solto pelos cabanos. Logo seria preso de novo. Mas agora estava livre. E pretendia aproveitar cada segundo.

10

As canoas aportaram nas margens do rio. Mura achou que iam pegar mantimentos e indagou isso a Chico.

– Vamos, mas preciso primeiro fazer uma coisa antes. Vou entrar na floresta. Estrondo vem comigo.

O negro estranhou, mas foi. Chico seguia na frente, pelo meio da mata virgem. Desviavam de galhos, cipós, trepadeiras. Ainda era dia, mas o local ia se tornando cada vez mais escuro.

Enfim chegaram a uma clareira. Havia uma área grande de areia e uma nascente de água, formando um pequeno lago cristalino.

Ficaram lá, parados, por um longo tempo. Estrondo impacientava-se e já ia perguntar algo a Chico quando este pediu silêncio e apontou em frente.

O ar acima do lago tremulava, como uma imagem vista na água turva. De repente, uma imagem surgiu, turva, nebulosa, imprecisa. Era uma mulher, acima do pequeno lago. Estrondo tentava firmar a vista para percebê-la, mas a cada vez que piscava parecia que a imagem se alterava. Era uma jovem moça, muito bonita e morena. Era uma mulher grávida, era uma velha matriarca. Da cintura para baixo parecia ter uma cauda de peixe que se alongava como uma névoa, misturando-se à água. Ela falou e sua voz também mudava a cada minuto e não parecia vir de lugar nenhum. Era como o vento uivando por entre as árvores ou o murmurar de um riacho.

"Esperávamos ansiosamente sua chegada. Sabíamos que seria premente"

Estrondou sentiu uma presença e olhou à volta. Olhos estranhos, diversos deles, os observavam por entre a mata escura.

"Você deve se acautelar. São muitos os inimigos. Estão vindo para matar"

– Sei dos soldados...

"Os soldados cruzam o rio. Seu perigo é real. Mas o maior perigo você ainda não viu. Um tormento desleal do seu passado está vindo. Seu ódio cada vez mais aumenta. Mas aliado a ele há um outro mal intervindo. Um mal ancestral anuncia a tormenta. Contra esse pouco podemos. De um conflito ancestral proteger você agora devemos"

A mulher calou-se por um instante. Depois virou-se para Estrondo:

"Quando a hora chegar, entre na floresta e peça conselhos ao chá"

A imagem foi se desfazendo como uma nuvem soprada pelo vento até que sumiu como se nunca tivesse existido. O sol também pareceu voltar à clareira e as visagens desapareceram.

– Chico, o que foi isso? – perguntou Estrondo.

– Não me pergunte porque, nem mesmo eu sei, mas você precisava estar aqui. Vamos, temos que continuar. Quanto antes chegarmos ao Amapá, melhor.

11

As canoas navegavam lentamente pelo rio. Era já final da manhã e os homens se sentiam fracos. Quando viram uma casa e Dom Rodrigo ordenou que se aproximassem, Duarte suspirou aliviado. "Vamos ter uma folga", pensou.

Havia várias pessoas no trapiche. O pai retirava camarões de um matapi. A mãe lavava a roupa no rio, as crianças, seis delas, brincavam na água.

– Aproximem! – ordenou Dom Rodrigo.

O homem parou o serviço e levantou a cabeça, olhando-os por baixo do chapéu de palha. A mulher também parou a lavagem e subiu a escada. O vestido estava molhado. Uma das crianças pulou do trapiche direto no rio e outra gritou, acenando para eles.

Um dos soldados acenou de volta.

– Carreguem as armas! – ordenou Dom Rodrigo.

Duarte indignou-se:

– Senhor, é uma família. Não são guerreiros.

– São cabanos, como todos os outros. Se não lutaram, deram acolhida aos revoltosos. Em todo caso, são culpados.

Duarte largou a arma no chão do barco.

– Nem sequer estão armados. Tem crianças ali!

O homem enorme fuzilou-o com os olhos.

– Eu dei uma ordem e você vai obedecer! Se não obedecer eu o afogarei com as minhas próprias mãos. Pegue a arma!

Ficaram se olhando, em silêncio.

– Pegue a arma!

Duarte abaixou a cabeça. Pegou a arma e carregou.

As canoas estavam agora sendo levadas apenas pela correnteza. Os ribeirinhos pareceram adivinhar algo. Uma das crianças se agarrou à perna da mãe.

O primeiro tiro acertou a cabeça do homem, fazendo seu chapéu saltar. O corpo ainda ficou ali, sentado por um milésimo de segundo, a tampa da cabeça exibindo os restos do cérebro, antes de cair do trapiche e desabar na água.

O segundo tiro acertou a mulher na barriga. Ela se inclinou sobre si mesma, como se fizesse uma mesura, e tombou para o lado. Um novo tiro acertou no pé e arrancou alguns dedos. Ela se arrastou pela madeira, tentando chegar à casa e assim proteger a criança com seu corpo. Um tiro acertou a menina na cabeça e a mulher deixou de se arrastar. Abraçou a criança enquanto tremia em espasmos de agonia.

Mais um tiro acertou uma das crianças, que estava na escada. Era um menino. Ele levou a mão ao rosto, como se pressentisse o tiro e procurasse se defender. O tiro acertou a mão e levou a orelha esquerda. Um segundo tiro acertou o rosto e o corpo tombou na água, fazendo com que o vermelho sangue tingisse o marrom do rio.

Algumas das crianças mergulharam na água. Dom Rodrigo ordenou que continuassem atirando. Algum tempo depois, os corpos boiaram.

12

Estavam na mata, ao redor da fogueira. Um peixe estalava sobre a grelha de madeira. Mura e Estrondo alimentavam o fogo.

– Mura, sua mãe ainda é viva? – perguntou Estrondo.

– Viva? Minha mãe não só está viva como ainda é capaz de matar muito português a flechadas. Os brancos morrem de medo de nós. Sabe como fazemos?

– Não.

– Um de nós nada até a canoa em que está a pólvora e joga água. Depois mergulha e some. Aí aparece um de nós, em uma canoa, servindo de isca. Os brancos caem na armadilha e seguem ele até uma baixinha. Quando estão cercados e tentam atirar descobrem que a pólvora não funciona porque está molhada. É assim que se mata portugueses...

Mura riu gostoso, mas o outro permanecia em silêncio.

– E a sua mãe? – indagou o índio.

– Minha mãe? Faz anos que não a vejo.

– Ela...

– Foi vendida. Nunca soube para onde ela foi ou porque foi vendida. Tudo que consegui descobrir é que ela parece ter ido para alguma fazenda na direção do Amapá.

– Então foi por isso que fez questão de vir conosco?

– Sim. Mas há algo mais. Queria conhecer Chico Patuá, queria estar com ele quando ele invadisse a fazenda onde minha mãe está...

Estrondo abaixou-se e colocou um galho seco no fogo. O peixe sobre a grelha improvisada estalava e exalava gordura.

– Você conheceu José Malcher? – perguntou Estrondo.

– O traíra?

– Não sei. Só o que soubemos é que foi graças à prisão dele e à morte de Batista Campos que tudo começou.

Mura fez um muxoxo com o beiço e cuspiu.

– Aquele não valia o que comia. Só foi eleito porque era um deles, um dos membros das principais famílias. Nunca pegou no pesado, não tinha mãos calejadas, como o resto de nós. Mal entrou, já comprou briga com os Vinagre e com o Eduardo Angelim. Queria entregar o Pará ao primeiro que o governo do Rio mandasse para ser governador. Mas a gota d´água foi quando mandou prender Angelim.

Estrondo estava boquiaberto:

– Ele mandou prender Angelim? Sério?

– Seríssimo. Mandou prender e entregou ele para os inimigos. Enquanto era levado para um escaler, ele gritava para nós, que salvássemos a revolução. A prisão de Angelim foi só o começo. Logo depois Malcher saiu com a tropa às ruas para prender a torto e a direito qualquer um que ele não gostasse da fuça. Francisco Vinagre arengou a tropa e mandou que voltassem ao quartel. Não teve quem desobedecesse. Ninguém gostava de Malcher e Vinagre era respeitado por todos. O tal do Malcher era tão covarde que fugiu para um dos navios que cercavam a baía. Resolveram soltar Angelim e convencê-lo a negociar uma saída.

– Vinagre era esperto e aceitou a condição de entregar o poder para quem fosse eleito pelas principais famílias desde que entregassem Malcher. O traíra não chegou nem a pisar em terra. Quando era transportado para o porto levou um tiro no peito de um negro liberto. Esse era bom de mira. Quando vimos o cadáver chegando pela água, pegamos ele. Fizemos o mesmo que fizemos com o malhado. Te juro: arrastamos o corpo pelas ruas até não sobrar quase nada.

Estrondo alimentou novamente o fogo.

– O peixe já está quase pronto. – comentou.

– Vai ser um belo jantar. Só faltava um açaí.

– E o Vinagre, como foi?

– Francisco Vinagre não era traíra, mas era um frouxo. Quando o governo do Rio mandou o Marechal Rodrigues, acovardou-se e saiu de Belém. Só o que pediu foi anistia. Mas ouça o que te digo: nunca confie num branco. Mal entrou em Belém, o Marechal mandou prender Vinagre, Angelim e vários outros cabanos.

– O jeito foi organizar a resistência nas matas. Antônio Vinagre morreu, mas Eduardo Angelim sobreviveu e tomou Belém. Eduardo sim era homem de verdade. Dizem que seu nome era Nogueira, mas o povo começou a chamar de Angelim porque ele era forte e resistente como a madeira dessa árvore. Eu lutei do lado dele quando tomamos Belém. Só teve um defeito: quando os ingleses se ofereceram para tornar o Pará independente, ele não aceitou. Eu estava lá e vi. Nisso foi burro.

– Depois o Brigadeiro Andrea cercou Belém. Não tinha como resistir. Muita gente estava doente: beribéri, varíola, a cidade destruída por bombardeios. Mas até na fuga ele foi homem: passou numa canoa ao lado do navio do general, à noite, e ninguém viu. Eu e Chico fizemos o mesmo. Desde então temos fugido e somos caçados como animais. Dizem que outros cabanos fugiram para outros locais. Ouvi dizer que tem gente que está indo para Manaus. Acho que se chegarmos no Amapá, estamos salvos, principalmente se os franceses ajudarem.

Estrondo concordou com a cabeça.

– Melhor chamar os outros: o peixe está pronto.

13

Os soldados cochichavam entre si. Ninguém entendia porque estavam adentrando na mata. Não estavam caçando, nem procurando água. Não parecia haver nenhuma habitação por aqueles lados. Dom Rodrigo, no entanto, seguia impávido, como se soubesse exatamente o que estava fazendo.

À certa altura parou. Olhou à volta, como se visse algo que ninguém mais via.

– Alguém tem tabaco? – disse. Não era uma pergunta. Era uma ordem.

Felizmente um dos soldados tinha. Estendeu-o ao gigante.

Duarte perguntou-se o que aconteceria a seguir. Dom Rodrigo faria um cigarro e fumaria ali, no meio do nada enquanto os cabanos estavam cada vez mais distantes? Não fazia sentido.

Mas Dom Rodrigo não fez isso. Sem agradecer, pegou o saco de tabaco e entrou numa parte mais densa da mata. Os soldados iam segui-lo quando ele se virou e mandou que parassem.

– Fiquem aqui.

Entrou na mata e foi encoberto pela sombra. Ficou lá pouco mais de cinco minutos. Os soldados se entreolhavam, perguntando-se o que estava acontecendo. Do gigante podiam esperar qualquer coisa. Uma coruja passou por eles e pousou numa árvore. Crocitou por alguns instantes e voltou a mergulhar na sombra.

– Matinta. – resmungou Elmano, fazendo o sinal da cruz.

– Hm? – fez Duarte.

– Matinta Pereira. Uma bruxa velha. Ela se transforma em pássaro, normalmente coruja. Ela traz mau agouro para quem a ouve. Quem ouve, no dia seguinte vem uma velha vestida de preto pedir fumo. Se a pessoa não der, alguém na casa morre. Mantinta é sinal de mau agouro.

Dessa vez foi Duarte que sentiu os pelos do braço eriçarem.

Carniça entrou na conversa:

– Dizem que quando uma Matinta vai morrer, ela precisa passar o encantamento para outra pessoa. Daí ela se esconde na floresta e quando passa uma mulher, grita "Quem quer?". Se a mulher responder "Eu quero!", vira a nova Matinta. Dizem também que ela não só agoura. Ela pode também proteger quem lhe oferecer fumo.

Duarte parecia desconcertado:

– Vocês acham que... ?

Mas não completou. Dom Rodrigo saiu da mata. Sorria satisfeito.

– Vamos, vamos matar cabanos.

Na volta já começava a escurecer e a noite desabava sobre a floresta. Iam em fila indiana, preocupados em não tropeçar nos galhos caídos e cipós atravessados na trilha improvisada.

Então Duarte ouviu um grito. Olhou para trás e viu um dos soldados caído, a mão à altura da perna. A face era a expressão pura da dor.

– Cobra! Uma cobra me picou.

Dom Rodrigo olhava-o sem reação. "Era ele", pensou Duarte. Se não tivesse picado o soldado, teria picado o gigante, que vinha logo atrás.

– Cobra, uma cobra me picou! Por favor, façam alguma coisa! Oh, que dor! Que dor!!!

Alguns dos homens, mais acostumados com a floresta, se aproximaram e examinaram a ferida.

– Alguém viu qual era a cobra? – perguntou Elmano.

– Muito escuro. Ninguém viu. – respondeu um guarda.

– Mas era venenosa. Isso é certeza. – atalhou outro.

Alguém se adiantou, chupou a ferida e cuspiu. Não pareceu adiantar muito. O homem continuava a gritar.

Outro garroteou a perna.

O soldado gritava agora, em plena agonia:

– Vou morrer! Vou morrer! Oh, deus, quanta dor!!!

– Precisamos tirar ele daqui! Precisamos levá-lo até a cidade – gritou alguém.

Ninguém fez nada. Não sabiam se adiantaria e até mesmo se ele sobreviveria. O soldado continuava gritando.

Dom Rodrigo aproximou-se. O soldado levantou o olhar, comovido.

– Senhor, obrigado. Vai me ajudar? Por favor, a dor é terrível.

– Sim, vou ajudá-lo.

– Obrigado, senhor! Obrigado!

Então sacou a arma e apontou. O tiro ecoou pela selva. A cabeça do soldado explodiu, os miolos espalhados pelo chão. O corpo ficou ali por um milésimo de segundo, como se não compreendesse que estava morto, e então finalmente caiu.

Dom Rodrigo guardou a pistola no cinto e foi andando na direção do rio. Como ninguém o seguia, ralhou:

— Vamos, cambada de preguiçosos! Temos cabanos para matar!

14

— O homem é doido! — disse Duarte. O que ele fez com Florêncio! Matar o rapaz ali no meio da mata sem nem tentar salvá-lo. E o que ele fez com aquela família... a forma como ele matou a menina e violentou a mãe. Estou dizendo, esse homem é doido e devemos nos livrar dele antes que sejamos as próximas vítimas.

Elmano olhou-o, severo:

— Dom Rodrigo pode nos ouvir! Vai matar a todos nós!

— Pode nada. Está lá longe. Só vai saber se um de vocês contar.

Iam numa das canoas menores, os últimos da fila de cinco embarcações.

Elmano apontou com o beiço:

— Carniça pode falar.

Carniça riu. Estava sempre rindo. O rosto magro e os olhos projetados faziam com que esse riso tivesse algo de bizarro.

— Ah, não, eu não falaria nada. É capaz dele também me matar. Sou macaco velho o bastante para saber que não devo meter a minha mão em cumbuca. Além disso, o que eu ganharia com isso?

— Você está sempre pensando no que pode ganhar com algo. — retrucou Elmano.

— E estou errado? Hm? Hm?

O outro não respondeu. Concentrou-se em remar.

— Olha, eu nem levanto da rede se não for para ganhar algo com isso.

– Soube que você se aliou aos cabanos antes de se voluntariar nas forças do Andrea. – lembrou Duarte.

– Eu vou para onde a possibilidade de ganhar alguma coisa é melhor. Na época dos cabanos eu podia saquear as casas dos portugueses. Peguei muita coisa. Transformei tudo em pinga e mulheres. Mas quando vi os navios do Andrea, percebi que os cabanos estavam acabados. Um homem esperto sabe quando passar para o outro lado. E aqui estou eu. Ao invés de ser perseguido, estou perseguindo. Vê? É tudo uma questão de inteligência, de ter cabeça.

Dizia isso e batia de leve com o dedo indicador na lateral da testa.

– Mas isso não explica porque veio nessa missão. Poderia ter ficado em Belém correndo menos riscos. E você não era obrigado a vir, veio como voluntário.

Carniça riu e seu rosto distorceu-se num esgar.

– Já ouviu falar dos tesouros enterrados?

Duarte sacudiu a cabeça, em negativa.

– Tesouros enterrados?

– Dizem que aconteceu no auge da Cabanagem. Alguns proprietários de terras, com medo de terem seu ouro roubado pelos cabanos, enterraram suas riquezas. Mas depois suas fazendas foram invadidas, ou os escravos se rebelaram. O caso é que esses tesouros ficaram lá, enterrados, só esperando por alguém esperto o bastante para desenterrá-lo. Dizem também que deixaram suas filhas cuidando. Quem achar o tesouro, desencanta a filha do fazendeiro, fica rico e consegue uma linda esposa. Dois prêmios em um.

– São só lendas. – bufou Elmano.

– Mesmo que seja verdade. – atalhou Duarte. O Pará é imenso. Como alguém descobriria onde estão escondidos esses tesouros?

Carniça respondeu com uma gargalhada.

Continuaram remando atrás das outras canoas, o riso de Carniça ecoando entre as árvores.

15

Chico estava em um local estranho e desconhecido. Tudo à volta era escuridão.

Ao longe, o insistente som de algo batendo na madeira. Tum! Tum! Tum!

Por alguma razão ele sabia que deveria fugir. Tinha que se afastar daquele som terrível e inescrutável, mas ele parecia estar em todos os locais.

Foi andando, procurando um ponto de apoio, uma parede na qual pudesse tatear, mas não havia nada. Estava sozinho, isolado, no meio do nada, na escuridão absoluta e insondável.

Continuou andando. Tropeçou. Levantou-se e andou de novo, agora mais temeroso. Cada fibra de seu ser parecia gritar: "Suma daqui! Afaste-se!".

O som continuava.

Tum! Tum! Tum!

Então ele percebeu que não estava mais sozinho. Havia coisas ali, coisas se arrastando no chão. Centenas, talvez milhares delas, arrastando e chocalhando em uma marcha mortal.

Cobras.

Logo estavam por todos os lados. Ele sabia que precisava fugir, precisava se afastar o mais rápido possível, mas agora, somava-se mais esse terror: temia pisar em uma delas e ser picado.

Ia andando devagar, arrastando os pés. Sentia as serpentes à sua volta, algumas passando pela sua perna. Embora não pudesse ver, podia imaginar suas línguas duplicadas e venenosas lambendo o ar, tremelicando e escorrendo veneno.

Tum! Tum! Tum!

Finalmente pareceu ultrapassar a barreira de cobras. Já não ouvia seu arrastar e não as sentia tocando em sua perna.

Foi quando pisou em algo. Era como uma casca fina se despedaçando sob seus pés e soltando um líquido gosmento.

O que era aquilo? Um inseto? Que tamanho tinha?

Precisava fugir, precisava sair dali, mas aquela escuridão insondável parecia não ter fim.

Foi andando e pisando cada vez mais naquelas coisas. Algumas delas subiam nele. Ele as afastava com uma tapa, mas eram cada vez mais, subindo, entrando em seus cabelos. Um deles entrou em sua boca e depois outro e outro e agora Chico tentava gritar, mas não conseguia.

Tum! Tum! Tum!

Ele corria e gritava por socorro, mas nada saía. Era um pesadelo sem fim e tudo que ele queria era acordar.

Abriu os olhos. A luz do sol o cegou por um momento e ele os fechou rapidamente. Voltou a abri-los. "Foi tudo um sonho!", pensou. "Um maldito pesadelo!".

Levantou-se e sentou na rede. Outros também faziam mesmo. Todos traziam o olhar aterrorizado que deveria aparecer em seu rosto agora. Alguns pensavam alto.

– Um pesadelo! Um pesadelo! Eu nunca acordava!

– Mortos, milhares de mortos!

– Eu não conseguia escapar! Oh, céus! Eu não conseguia escapar!

Chico levantou-se. Era difícil, depois de tudo que tinha passado. Parecia tão vivo, parecia tão real, que ele ainda tremia. Ainda podia ouvir o barulho de algo batendo contra a madeira: Tum! Tum! Tum!

Foi de rede em rede. Alguns já se levantavam, outros ainda pareciam dormir, mas iam sendo acordados pelos outros.

A agitação era grande, entre os gritos de quem ainda sonhava e os lamentos de quem já havia acordado.

Só havia um local em silêncio. Uma das redes. Alguém ainda estava ali, provavelmente dormindo, mas não parecia estar na agitação do pesadelo. A rede estava parada, imóvel.

Chico aproximou-se e abriu a rede. Era um dos garotos mais

jovens. Estava imóvel, mas o rosto revelava uma expressão de terror indizível.

— Está morto! – concluiu Chico.

— Jurupari... – disse Mura atrás dele. Ele entra nos sonhos e descobre o que você mais teme. Jurupari!

16

Estavam fazendo o almoço. Elmano matara uma caça e estavam assando na fogueira. Alguns homens dormitavam encostados nos troncos das árvores, o rosto encoberto pelo quepe. Outros conversavam para passar o tempo.

Duarte contava sua chegada em Belém:

— Passamos vários dias no mar. Saímos do Rio de Janeiro e paramos na Bahia, em Pernambuco, recolhendo voluntários. Voluntários é como o Brigadeiro Andrea chamava. A maioria era como eu: abriam a cela da cadeia e perguntavam: quer embarcar ou mofar na prisão?

Elmano olhou-o, surpreso:

— Você estava preso?

— Calma, não sou bandido!

— Mas é assassino. – definiu Carniça, palitando os dentes com um pedaço de mato.

Duarte estendeu as mãos abertas à frente do peito e encolheu os ombros:

— Era eu ou ele.

— Coisa de rapariga. – atestou Carniça, com um sorriso.

— Eu dormi com a menina. Mas juro que não tirei a virgindade. Ela já era rodada, mas o pai colocou na cabeça que eu tinha desonrado a moça. Me esperou na frente da loja que eu trabalhava. Quando saí, lá estava ele, com uma faca na mão, prometendo me matar. Não pensei duas vezes: pulei em cima dele. No meio da briga,

a faca acertou a barriga do homem. Achei que não era nada, porque ele continuou lutando. Mas depois de algum tempo caiu morto. O juiz não quis nem saber se tinha sido legítima defesam, me mandou direto para a cadeia. Agradeça a Deus por não ser mandado para a forca, disse. Juiz filho da puta!

– Então ofereceram a liberdade em troca de participar das tropas do Andrea?

– Não só eu. Foram mais de 500 assim. Fora os mil soldados. Era muita gente. Os ingleses tinham prometido 500 homens tirados das ruas de Londres, mas esses nunca chegaram. Essa gente toda em dois brigues de 14 canhões e 12 escunas de seis canhões.

Carniça balançou a cabeça:

– Quando eu vi todos esses navios entrando pela baía, pensei: fudeu, a revolta acabou.

– O Eduardo Nogueira pensou a mesma coisa. – lembrou Elmano. Tanto que foi consultar o bispo. O sacerdote sugeriu que ele escrevesse ao Brigadeiro, pedindo anistia.

– Aquele ali não daria anistia nem para a própria mãe. Eu estava lá, no brigue comandado por ele. Todo mundo baixava a cabeça quando passava por ele. O homem tem ódio de negro. Não aceita nem como criado. Ele dizia que os cabanos eram uma hidra que ia devorar toda a civilização, sabe-se lá o que é isso.

– Hidra é um monstro da mitologia. Tinha várias cabeças. Você cortava uma, surgia outra em seu lugar. – explicou Elmano.

– Rebeldes, facínoras, assassinos, o Brigadeiro não economizava palavras para se referir aos cabanos. Aliás, foi ele que começou a chamar de cabanos.

– Sim, nós nos chamávamos de patriotas. – lembrou Carniça.

– Enquanto isso, o Angelim mandando cartas...

– Que o Brigadeiro lia e rasgava. Estou dizendo: aquele ali não daria anistia nem para a mãe dele se descobrisse que ela estava envolvida com os cabanos. Quero todos esses cachorros mortos, dizia.

– E os navios cercaram Belém. Ninguém entrava, ninguém saía. Não tinha comércio, não entrava comida. Estrangularam o Angelim.

– É, mas esse escapou. Aproveitou uma chuva forte e sumiu numa canoa por entre os navios.

– Na cidade, todo mundo fugindo. Era cada um por si. – lembrou Carniça.

Duarte olhou-o:

– Isso me faz pensar: como você escapou da prisão ou da forca?

– Ora, os soldados perceberam que eu era um cidadão de bem.

Elmano cuspiu no chão.

– Ah, vá contar outra!

– Juro.

– Jura por sua mãe?

Carniça ficou em dúvida. Enfim admitiu:

– Eu delatei onde estavam escondidos os cabanos. Numa situação dessas, a polícia sempre precisa de informantes!

– Parecia uma cidade fantasma quando entramos. – lembrou Duarte. O fedor era terrível, muito lixo espalhado pelas ruas, cadáveres. As casas em ruínas, com buracos no lugar de portas e janelas, sem telhados. Eu pensei: foi isso que viemos tomar? Colocaram mil e quinhentos homens para tomar esse cemitério? De vez em quando aparecia alguém. Se parecia cabano, a gente atirava imediatamente. A ordem era prender ou matar. E aí era cada vez mais cadáveres na rua. Nunca vi nada parecido. Nada.

17

O cheiro do peixe assado se misturava ao aroma dos bijus. Os homens riam, assim como os tapuios. Os índios estavam felizes com a presença de Chico Patuá e seu grupo. Histórias sobre suas façanhas tinham se espalhado pela região. Alguém trouxe uma cuia de cauim, que passou pela roda de mão em mão, aumentando ainda mais a alegria.

Chico recusou a bebida.

Quando se levantou, indo na direção da mata, Estrondo fez menção de acompanhá-lo.

– Não, eu vou sozinho. Só vou pegar água na fonte.

– Vou com você, Chico.

– Já disse que vou sozinho. – respondeu o outro, deixando claro que não aceitaria ser desobedecido.

Queria tentar se comunicar com os seres da floresta. Da outra vez, algo lhe dissera que precisava levar o negro, mas agora sentia que devia adentrar sozinho na mata.

Foi andando lentamente, deixando o cheiro de orvalho ocupar sua mente. Ao longe um pássaro emitiu um som como ferro batendo em uma bigorna.

Sentia-se em paz na floresta, seguro. Muito mais seguro do que jamais se sentira em Belém. Era como se ali finalmente se sentisse em paz.

Continuou andando e se afastando da aldeia dos tapuios, atravessando pequenas baixinhas, pulando árvores caídas, desviando de cipós pendurados no alto das árvores. O homem da cidade, refletiu, jamais conseguiria andar num caminho de tantos obstáculos. Mas para ele era tão natural quanto respirar.

Finalmente chegou à nascente. Aproximou-se, agachou-se e tomou um pouco de água usando a mão direita como cuia. Então se levantou e ficou lá, parado, esperando.

Foi quando uma flecha passou zunindo por ele e foi cravar-se numa árvore logo atrás.

Chico olhou assustado. Se estivesse alguns centímetros à frente, a flecha teria acertado.

Aguçou os sentidos, tentando perceber qualquer movimento.

Uma folha balançou e foi seguida de galhos secos estalando.

Pegou a arma do cinto e seguiu na direção. Quem quer que fosse ia aprender que mexera com o homem errado.

Foi andando, os ouvidos aguçados, os olhos atentos. Uma borboleta passou por ele, um pontilhado de cores flutuando em meio à vegetação.

Parou e olhou à volta. Não via nada.

Então outra flecha avançou, riscando o ar à frente e indo se alojar num galho.

Chico andou na direção da qual viera a flecha. Também acompanhava sons fracos e a movimentação das folhas, mas a pista se perdeu logo à frente, numa clareira. Ficou lá, atento, olhando ao redor, esperando novas pistas.

Foi quando algo o acertou por trás e ele caiu. Alguém montou nele. Chico virou-se, pronto para atirar e levou um choque.

Era uma mulher. Uma linda índia cor de jambo, de sorriso branco como nuvens, cabelo liso preto, seios firmes.

– Sou Moara. – anunciou ela. Vamos brincar?

18

Carniça caminhava pela mata, atento. Tirara do bolso um papel e o examinava cuidadosamente. Um mapa. Olhava para o papel e para o ambiente à sua volta, procurando pontos de referência.

Era início da tarde quando passaram pela casa em ruínas. Uma casa grande, abandonada e parcialmente queimada. Uma parte do fogo tomara conta do trapiche, mas ainda era possível utilizá-lo.

– Senhor, vamos parar aqui. – sugeriu ele, para Dom Rodrigo. O homem enorme olhou-o desconfiando, mas no fim mandou que as canoas se aproximassem do trapiche.

– Que lugar é esse? O que aconteceu aqui? – perguntou Duarte.

– Essa era uma das maiores fazendas da região. Tinham muitas plantações e muitos escravos. Quando estourou a cabanagem, os escravos se rebelaram. Botaram fogo na casa e mataram o proprietário.

– Só o proprietário? Ele tinha esposa?

– Tinha esposa e filha. Os Cabanos as mandaram para Belém. Desde então a fazenda está assim, abandonada.

O que Carniça não contara é que ele sabia muito mais sobre os acontecimentos. Sabia, por exemplo, que o fazendeiro, assim que estourara a cabanagem, havia enterrado a maior parte da sua riqueza. Tinha ouvido falar disso em um bar de Belém. O homem que lhe vendeu o mapa disse que o ganhara da esposa do dono da fazenda, em troca de comida e segurança. Ele a levara junto com a filha para as ilhas, e ela agora estava com as outras famílias lusas.

– Então por que não vai você mesmo pegar esse ouro? – indagou Carniça.

– Sou corajoso. Não tenho medo de faca, nem facão, nem de arma de fogo. – respondeu o homem.

– Repito a pergunta: então por que não vai você pegar esse tesouro?

– Sou corajoso para as coisas deste mundo. Mas esse tesouro não é mais deste mundo.

– Como assim? Desembucha.

– O dono dessa fazenda era um homem mau, tão cruel quanto a esposa era uma boa alma. Tanto que mataram ele e trouxeram ela para Belém. E esse ouro é fruto da maldade, e é guardado pela maldade.

– Não estou entendendo nada, companheiro. – impacientou-se Carniça.

– Dizem que ele explorava ao máximo seus escravos. Fazia-os trabalhar até dia de domingo e castigava pessoalmente quem não alcançasse a meta da colheita de cacau. Foi assim que ficou rico. É um tesouro maldito.

– Mas você aceitou o mapa.

– Eu teria ajudado a senhora, mesmo sem o mapa. Era uma boa pessoa e estava perdida aqui. É o que eu faço, ajudo boas pessoas. Além do tesouro ser maldito, tem a sua guarda.

– Como assim? O que está guardando esse tesouro?

O homem colocou um gole de pinga no copo. Levantou-o e observou por alguns momentos o líquido contra a luz do sol. Depois tomou tudo de um gole.

– Eu fico me perguntando que tipo de homem faria isso... que tipo de homem sacrificaria a própria filha para garantir um tesouro. Estou dizendo, esse ouro é maldito.

– Vamos, companheiro. Conte logo. Deixe de enrolar.

– O homem matou a própria filha, amigo.

Carniça encolheu a sobrancelha, desconfiado.

– Como assim?

– Ele mandou abrir um buraco enorme e jogou uma das filhas lá dentro. E mandou os escravos jogarem terra em cima até a encobrirem.

– Mas... – gaguejou Carniça. Mas... por que ele faria isso?

– Para o espírito dela ficar ali, preso, e proteger o tesouro. E não é só isso. Quando os negros já estavam terminando o buraco, ele atirou neles e ele mesmo fechou o buraco. Ele não queria testemunhas que pudessem contar onde estava o tesouro.

Ficaram em silêncio. Carniça encheu o copo de pinga e tomou, também de um único gole.

– Então, companheiro. São pelo menos quatro almas em volta desse tesouro maldito. Uma moça e três escravos. Quatro almas. Nenhum tesouro do mundo vale isso. E dizem que não é só isso em volta desse tesouro. Tudo quanto é ruindade deste mundo se juntou ali, como um imã. Não tenho medo de nada deste mundo, mas do outro mundo...

– Se você não vai, eu vou. Me dá o mapa e, se eu achar o tesouro, dividimos.

O outro quis negociar, mas acabou cedendo.

Carniça se sentiu esperto, mas agora, ali, parado, no meio da mata, se sentia um idiota. Achava agora que tinha sido feito de bobo e caído em uma conversa de bêbado. O pior é que o mapa não parecia fazer o menor sentido. O que era aquilo? Uma árvore? E aquilo? Um buraco? Um buraco, um maldito buraco? Ou talvez fosse... um poço desativado?

Olhou à volta. Viu um amontoado de folhas e resolveu investigar. Descobriu que as trepadeiras escondiam uma construção rústica de tijolos vermelhos. Um poço abandonado, fechado com tábuas.

Então, talvez... talvez o mapa fosse verdadeiro.

Não, isso não provava nada. Só mostrava que a pessoa conhecia o terreno. No final, podia ser tudo uma grande piada.

Sentiu-se tolo.

Ficou ali, parado, enrolando e desenrolando o mapa até perceber uma coisa: havia uma grande árvore no terreno, uma castanheira, provavelmente mais antiga que todas as pessoas que já haviam habitado aquele local... e ela estava no mapa! Tinha uma árvore com uma letra grafada nela. Conferiu: a posição da árvore e do poço batiam.

Isso o estimulou a seguir em frente. Talvez o mapa fosse realmente verdadeiro. Quem teria o trabalho de fazê-lo apenas para enganar alguém?

Os outros pontos de referência foram se revelando: um amontoado de pedras apontando para uma trilha, uma nascente e, finalmente, um conjunto de três árvores formando um triângulo.

Só então percebeu que não trouxera uma pá.

Permaneceu ali, em silêncio, coçando a cabeça, tentando resolver o problema, quando algo passou por ele. Era como um daqueles borrões no canto do olho.

De repente, a selva escureceu como se a noite tivesse caído repentinamente sobre as árvores. Carniça procurava um pedaço de madeira grande o bastante para ser usado como pá e deu pouca atenção a isso.

Mas era impossível ignorar os sons ao redor. Eram barulhos indefiníveis. Parecia às vezes com alguém chorando ao longe.

Um galho caiu, desabando sobre as folhas, num som alto que assustou Carniça.

O soldado estava agora ajoelhado no chão lamacento, lutando contra a terra com um galho quebrado. O chão resistia às suas investidas e o suor escorria em seu rosto, ardendo em seus olhos.

Ele pegou um lenço e enxugou o rosto. Quando passava o tecido pelo olho, teve a impressão de ver alguém atravessando o espaço à sua frente. Era como uma sombra rápida, fugidia, indefinível. Ou talvez fosse só sua mente trabalhando.

Voltou ao trabalho. Cavoucava a terra, afofando-a com o pedaço de madeira e depois a retirava com a mão em concha.

Sentiu um arrepio na espinha e olhou para trás, por cima dos ombros.

Agora era certeza, tinha alguém ali com ele.

Quem sabe um dos outros soldados o seguira, querendo roubar dele o tesouro?

Levantou-se e pegou a arma. Os barulhos agora vinham de um ponto específico da mata, como se alguém se mexesse em meio às folhas. E havia aquele outro som, como de alguém se lamentando no fundo de um poço.

Carniça aproximou-se, a arma em punho. As mãos, sujas de terra misturada com suor escorregavam no cabo da pistola. Mesmo assim avançou. O barulho agora parecia cada vez maior, mais intenso, quase ensurdecedor, embora continuasse a ser um som etéreo, indefinível.

Finalmente alcançou a moita. Abriu-a com o pedaço de pau e apontou a pistola.

"Santo Deus, o que é isso?", espantou-se Carniça.

Foi seu último pensamento antes de enlouquecer.

19

Carniça surgiu no meio dos homens, andando como um sonâmbulo. Estava todo sujo de terra, em especial a camisa e as mãos – o barro se acumulando em suas unhas. Tinha o olhar vidrado e apático, como de um peixe morto. Movimentava as mãos à frente do peito sem motivo aparente, como se estivesse cavando algo no ar.

Balbuciava palavras sem sentido:

– O tesouro, meu tesouro! Muito ouro! Muito ouro! A maldição! O barulho, o barulho, o barulho do tesouro, oh!!!

Os outros soldados aproximaram-se dele, chamando seu nome, tentando trazê-lo à razão, mas em vão.

Ele continuava ali, balbuciando frases incompreensíveis.

Dom Rodrigo acercou-se dele:

-Abra a boca! O que tem na boca?

Carniça pareceu não entender e continuou falando. Agora soltava as palavras como um peixe fora da água tentando respirar. E babava uma mistura de saliva e tinta.

-Segurem ele! – ordenou Dom Rodrigo.

Inseguros, alguns soldados o pegaram pelo braço.

O gigante usou as mãos para abrir a boca do outro. Tirou de lá um papel. Abriu-o. Era o mapa. Mas agora restara pouca coisa dele, só um amarrotado de papel e tinta borrada.

– Seu idiota! Onde está o tesouro?

Carniça respondeu com sua fala insana de peixe tentando respirar:

– Hmmm?

– Amarrem ele naquela pilastra!

Os soldados ficaram imóveis, sem reação, até que um grito do gigante os tirou da letargia:

– Amarrem ele! As mãos para cima! Naquele caibro!

Alguém surgiu com uma corda. Amarraram as mãos de Carniça e penduraram a corda num caibro que ainda restara inteiro da casa.

– Pensa que não ouvi as conversas sobre seu tesouro? Por que acha que concordei em parar aqui, nesta fazenda? – perguntou Dom Rodrigo.

Carniça olhou-o sem entender.

– Pensa que sou tolo?

– Tinha barulhos na floresta. – respondeu o outro.

Dom Rodrigo argumentou com um soco que fez saltar um dente do soldado.

– Podia ser só bobagem, esse tesouro podia não existir. Mas se existisse, assim que você voltasse com o ouro, ele seria meu. E provavelmente você sabia disso. Sabia que eu exigiria o tesouro e teria que arranjar um plano para não perder o ouro. Muito inteligente da sua parte, fazer-se de louco. Depois faria o quê? Voltaria aqui e recolheria o tesouro? Ou o tesouro já está escondido em outro lugar?

Carniça olhou longamente. Enfim disse:

– Eu não tinha pá!

Levou outro soco, agora no estômago. Ele se dobrou sobre si mesmo e tossiu como se fosse vomitar.

– Dói, não? Quer acabar com a dor? É só me dizer onde está o tesouro. Vamos lá, é só dizer isso e o liberto.

Carniça se pendurava para a frente, fazendo com que as cordas apertassem. Os pulsos sangravam.

– E então? O tesouro.

– Tinha alguma coisa na moita. Barulhos...

Dom Rodrigo soltou um longo suspiro, contrariado. Avançou para outro soco, mas pareceu mudar de ideia. Olhou para o cinto, onde pendia a faca. Puxou-a até a altura do rosto de Carniça, deixando que a lâmina refletisse o sol.

– Talvez você seja valente com socos. Mas quero ver com isto.

– Senhor. – gaguejou um dos soldados. Deixe. Não vê que ele está louco?

Dom Rodrigo foi até ele, ainda empunhando a faca.

– Ora, vejam, encontramos um amigo do Carniça. Quem sabe está mancomunado com ele? Talvez queira dividir o destino com o amigo?

– Não senhor, por favor. Eu não disse nada. Juro, não disse nada.

Dom Rodrigo estendeu-lhe a faca:

– Então prove.

– O quê? – gaguejou o outro. O que faço com isso?

– Eu tenho que explicar tudo? Vá lá, corte uma tira de pele.

O soldado se aproximou, a faca na mão, tremendo, e começou o trabalho, cortando uma parte do peito. Ia cortando lentamente, enquanto o outro gritava e o sangue escorria pela faca.

– Vamos, diga, onde está o tesouro? – gritou Dom Rodrigo.

Mas só saíam palavras soltas misturadas aos gritos de agonia.

Dom Rodrigo impacientou-se:

– Incompetente! Deixe que eu faço isso!

Pegou a faca, rasgou a camisa e começou o corte. Trabalhou rápido e logo exibia uma tira de pele humana na mão. Levantou-a à altura do rosto de Carniça.

– Quer que eu faça isso com seu corpo inteiro? Vamos, diga, onde o tesouro está escondido?

O outro só gritava, em desespero. Gritou até desmaiar.

– Tragam água! – ordenou Dom Rodrigo.

Alguém trouxe um balde cheio de água e jogou no rosto de Carniça. O soldado despertou e começou a falar, mas agora seu discurso era ainda mais incoerente.

– Tesouro... fantasmas... muito barulho... muito barulho no tesouro escondido... atrás da moita... A filha, morta... os escravos enterrados...

– Quando finalmente encontrarmos os cabanos, talvez não tenha sobrado nenhum de nós. – comentou Duarte para Elmano.

O outro fez que sim com a cabeça e pediu silêncio.

O suplício de Carniça ainda demorou mais uma hora. Quando deu o último suspiro, sobrara muito pouco de sua pele. Seu corpo quase inteiro havia se tornado uma enorme chaga sangrenta.

20

Vários tapuias tinham aderido a Chico e o grupo incorporara mais três canoas. Moara, no entanto, ia na primeira canoa, ao lado de Chico.

Navegaram sem incidentes até o final da tarde. Vendo que não encontraria local para pousar, Chico ordenara que aproximassem as canoas da margem e dormissem na selva.

Felizmente, o local não era de mangue e o grupo teve facilidade ao se aproximar de uma espécie de praia. Adentrando um pouco na mata, encontraram água límpida, vinda provavelmente de uma fonte. Montaram acampamento ali, acendendo uma fogueira e assando peixe seco que haviam recebido dos tapuias.

A noite já se abatera sobre a mata, escurecendo tudo e a única iluminação vinha da fogueira, quando Chico começou a contar a história de Norato e Caninana.

– Norato e sua irmã gêmea Caninana nasceram de uma índia. A mãe chorou muito quando viu que não eram dois curumins, mas duas cobras. Batizou-as com os nomes de Norato e Maria Caninana. Para que não fossem perseguidas pelos índios, jogou-as nas águas do rio. Norato tinha um coração de ouro. Todos os bichos do rio o respeitavam e temiam. Quando um barco afundava, socorria os náufragos e fazia flutuar de volta a embarcação. Caninana, ao contrário, era má. Perseguia os ribeirinhos, afundava seus barcos, quebrava os trapiches, afogava todos que estivessem ao seu alcance. Dizem que tentou até acordar uma velha serpente que repousa sob a cidade de Óbidos. A cobra não acordou, mas se mexeu e o tremor fez rachar casas e até a igreja.

– Conte do encantamento. – pediu Estrondo, que já ouvira aquela história da boca do próprio Chico mais de uma vez, mas jamais se cansava de ouvi-la.

– Dizem que o fato dos curumins terem nascido como serpentes é devido a uma encantaria, que, se for quebrada, faz com que eles voltem ao normal. Para isso, é necessário rachar-lhe a cabeça com um machado de ferro virgem e derramar ali, na ferida, três gotas de leite de mulher de primeiro parto. Dizem que Norato de vez em quando pode romper por uma noite o encanto. Aí deixa sua roupa de escamas e se torna um rapagão esbelto. Entra nas festas e procura um moço de coragem capaz de desencantá-lo. Mas nunca achou um que tivesse peito para isso.

– Aposto que eu conseguiria. – afirmou Estrondo, sob risos dos outros.

– É, nós vimos naquela noite. – cortou Mura, entre risos. Juro que nosso amigo ficou branco quando viu aquela coisa passando pelo barco.

– Eu não estava preparado! – desculpou-se.

Chico olhou para a Lua:

– Já é tarde. Melhor dormirmos. Amanhã acordamos cedo. Sabemos que estão atrás de nós e precisamos manter a dianteira.

Cada um se recolheu à sua rede. Moara deitou-se com Chico.

21

Moara acordou de madrugada com a sensação de calor e sons estranhos. Olhou para o lado. Chico se debatia em febre, falando palavras sem sentido.

Malária, pensou.

Levantou da rede pensando no que fazer. Não sabia como curar malária.

Chico agora parecia não só febril, parecia incontrolável. Seus murmúrios se transformaram em gritos desconexos e cada vez mais aterradores, acordando os outros.

Estrondo e Mura se aproximaram, preocupados.

– Malária. – informou Moara. Chico está com malária!

Estrondo parecia uma estátua negra, absolutamente imóvel sob a luz da lua.

Chico se levantou, como um sonâmbulo, agitava os braços, defenden-do-se de um perigo imaginário.

– Precisamos amarrá-lo. Para a segurança dele e nossa.

Alguém trouxe uma corda de sisal. Estrondo segurou Chico e Mura o amarrou, a grande custo.

– Juro que nunca vi nada assim. – disse Mura, enxugando o suor da testa.

Moara fixava os olhos no amado:

– Não é só a doença. Tem algo mais. Algo terrível atacando ele.

22

Chico delirava em meio à febre e às trevas. Fantasmas de tempos lon-gínquos surgiam para ele, sussurrando ameaças em vozes abissais e então desapareciam, deixando-o novamente nas trevas insondáveis. Presente e passado se misturavam para ele, numa bruxuleante miríade de imagens e cenas intercaladas.

Em seu delírio ele viu um garoto. Andava de mãos dadas com a mãe pela feira. A mãe era bonita e os homens paravam para vê-la. Alguns per-guntavam: quem é o pai da criança? Quem é o sortudo? A resposta, inva-riavelmente, era a mesma: o boto, o boto é o pai. E os homens riam, mas quando se afastavam ela cuspia no chão, como se cuspisse neles, e repetia: o boto, é filho do boto. A mãe jamais deixara que outro homem tocasse nela.

Chico, em seu delírio, tentava tocar na mãe, queria ver novamente seu rosto suave, seus olhos oblíquos e perguntar-lhe se aquilo era realmente verdade.

Agora o calor parecia infernal. As presenças se acercavam dele. O que dissera a mãe d'água? Um mal ancestral anuncia a tormenta. Um homem enorme e barbudo os vê na rua e os segue. A mãe anda a passos largos e consegue despistá-lo. Mas dias depois ele está novamente no encalço dos dois. Descobre onde moram. A moça não quer, mas os pais concordam com o casamento. Vão morar em uma mansão, na fazenda, cercados de escravos. Mas dormem em um quarto separado. De noite, a mãe fecha a porta com a tranca.

Os seres espectrais agora o circulam, uivando como lobos famintos em desenfreada caçada. Avançam sobre ele, suas bocas mortíferas escancaradas mordendo o vácuo e se desfazendo em fumaça. Um mal ancestral. Uma guerra que vai muito além da guerra dos homens. Talvez uma guerra tão antiga quanto a Terra.

Batidas na porta do quarto. A madeira começa a estilhaçar. Um machado silva no silêncio da noite. A mãe corre até ele. Insiste para que ele pule a janela e fuja. Ele se agarra a ela e diz que não fará isso, que não irá sem ela, mas ela o empurra. Corra! Corra! Salve-se! Os escravos olham assustados enquanto o garoto percorre o quintal. Finalmente entra na mata. Tem que correr, fugir. Mas fugir para onde? A bisavó. Sim, a avó de sua mãe. Mas onde ela mora? Onde encontrá-la na mata? Mesmo a mãe dificilmente falava nela. Vivia sozinha na floresta, com suas ervas e porções.

Chico anda por muito tempo, açoitado pelos galhos e folhas, afundando em lamaçais, sendo cortado por espinhos.

Já é noite alta e não há lua no céu. Mesmo que houvesse, dificilmente sua luz ultrapassaria o manto extenso da copa das árvores.

O garoto ouve sons estranhos, desconhecidos e aterradores. Parecem vir de outro mundo, um mundo estranho, indescritível. Nuvens de carapanãs e outros insetos o picavam e sua pele coçava e ardia.

Enfim, percebeu que estava perdido, que ia morrer na mata, longe de tudo e de todos, sem comida ou água, seu cadáver abandonado e comido pelos bichos.

Sentou-se em posição fetal abaixo de uma árvore e olhou em volta, orando antigas rezas que sua mãe tinha lhe ensinado.

Cobras, pensou. Alguém lhe dissera que elas saiam à noite para caçar.

A noite na floresta era uma miríade infinita de perigos assustadores. E mais ainda para um garoto de oito anos.

Minutos se tornaram horas, horas pareciam se transformar em séculos.

Chico pendia a cabeça, dormitando, mas acordava assustado em meio a pesadelos.

Foi numa dessas vezes que viu algo se aproximando dele. Uma figura sombria e enorme. Ele se encolheu. A visagem estendeu a mão na direção dele. Chico tremia em calafrios, embora a noite fosse quente.

Então a mão tocou nele e ele percebeu que era uma mão de mulher. A pele macia, cheirosa.

– Calma, menino. Está tudo bem. Você está a salvo agora. Vamos, levante-se.

Quando se levantou, conseguiu ver o rosto da mulher. Tinha cabelos brancos de velhice, olhar oblíquo como o da mãe dele. Ele sabia quem era. Era sua bisavó!

Foi andando com ela pelo meio da mata e agora todos os perigos pareciam ter evaporado no ar. Não havia mais sons estranhos. Os carapanãs haviam desaparecido, da mesma forma que os outros insetos. Chico se sentia seguro.

Finalmente chegaram a uma casa de madeira, no meio de uma clareira. Havia pequenos vasos pendurados na parede ou espalhados pelo chão. O local inteiro era uma babel de cheiros e aromas.

– Está com fome, mocinho?

Chico fez que sim com a cabeça.

– Mas antes precisa tomar um banho.

A mulher o colocou dentro de uma tina com várias ervas de cheiro agradável.

– A floresta tem coisas boas, mas também pode ter coisas ruins. – explicou ela, lavando seu cabelo. O banho não é só uma limpeza do corpo, mas também uma limpeza da alma, para afastar as coisas ruins que podem ter vindo com você. Ah, e não esqueça: antes de entrar na mata, sempre peça permissão.

– Pedir permissão? Para quem?

– Apenas peça. E quem há de direito vai saber que você respeita a mata e aqueles que vivem nela.

Quando terminaram o banho, Chico se sentia leve. A avó lhe arranjou roupas novas. Não eram do tamanho dele, mas serviam. Depois entraram. A casa por dentro era um grande cômodo dividido em dois compartimentos: de um lado a cozinha e do outro um salão onde estavam armadas duas redes.

Chico sentou-se à mesa e a velha lhe serviu uma sopa. Depois de tudo pelo que passara, era reconfortante. Era como sentir-se em casa.

– Sim, eu sabia que você viria.– informou a mulher.

– Sabe o que aconteceu com minha mãe?

A velha ficou em silêncio, olhando para o chão.

– Meu filho... fiz de tudo para impedir, mas acho que o pior aconteceu.

O garoto desabou em lágrimas. Era uma mistura de tristeza, raiva e, ao mesmo tempo, catarse.

A avó ficou com ele a partir de então. Criou-o ali, no meio da floresta, ensinando os segredos da mata, contando as histórias das encantarias e mostrando como entrar em contato com os seres da floresta, pedindo proteção.

Foi a avó que costurou para ele o patuá, que o tornaria famoso. Escreveu uma oração, enrolou num tecido e num saquinho de couro.

– Use isso e estará protegido. Podem atingi-lo, mas nunca vão conseguir matá-lo. Enquanto usar esse patuá, os seres encantados darão um jeito de ajudá-lo.

Chico agora rodopiava em meio aos tormentos e ataques sombrios, os gritos estridentes de puro terror agonizante. Mas agarravase ao patuá que lhe fora dado pela avó.

23

"Quando a hora chegar, entre na floresta e peça conselhos ao chá"

As palavras ecoavam na cabeça de Estrondo. Ele não tinha a menor ideia do que significavam, mas sabia que era a hora, sabia que o momento de ajudar Chico tinha chegado. Mas pedir conselhos ao chá? Que chá?

Em todo caso, entrou na floresta. Ouviu lá atrás Mura chamando por ele, mas não deu ouvidos.

Ia andando sem rumo, em meio à floresta densa. Pássaros anunciavam o dia que já começava a surgir. No alto de uma mangueira, periquitos faziam uma gritaria sem fim.

Continuava se perguntando o que significavam aquelas palavras quando percebeu uma movimentação estranha. Havia fumaça por entre as folhas. Foi andando na direção da fogueira.

Vislumbrou um velho, mexendo uma panela de barro sobre uma fogueira. Era a pessoa mais velha que Estrondo já tinha visto, as rugas se acumulando por todo o seu rosto, mas exibia um sorriso bonito, de dentes perfeitos.

– Ah, você chegou. Estava te esperando.

Estrondo aproximou-se. O que o homem preparava? Uma sopa?

– Não, não é uma sopa. – informou o velho, como se tivesse lido seus pensamentos. A Dama Chacrona quando se encontra com o Senhor Mariri realizam milagres, pode acreditar em mim. Basta acrescentar água e levar ao fogo. É um chá milagroso.

Pegou uma cuia e mergulhou no caldo.

– Venha, beba.

Estrondo levou a cuia aos lábios. Afastou-a imediatamente. O gosto era horrível.

O velho forçou a cuia de volta aos lábios do outro:

– Beba. Sei que o gosto é ruim, mas beba, se quiser salvar seu amigo.

Estrondo voltou a cuia aos lábios e agora bebeu dois grandes goles. Não conseguiu mais que isso. Quando tentava, sentia vontade de vomitar.

– Está bem, já é o suficiente. – disse o velho. Agora venha aqui, sente-se.

Estrondo foi levado pelo outro na direção de um tronco de árvore. Parecia sonâmbulo, desnorteado. Sentou-se, orientado pelo índio, e encostou-se no tronco da árvore.

– Isso. Agora deixe que o vegetal lhe diga o que você deve ouvir.

O mundo parecia se mover e seu estômago se revoltava. Ele se virou para o lado e vomitou. Quando voltou a levantar a cabeça, teve um susto.

A floresta se iluminara como que irradiada por um sol iridescente. A noite se transformara em dia e a mata se transformara numa explosão de tons de verde que ele jamais imaginara.

Ele ouviu uma música, cantada por vozes femininas e procurou as mulheres, mas não achou. A música reverberava pela clareira, tranquilizando-o, como as canções de ninar que a mãe lhe cantava quando ainda era bebê, aconchegando-o ao colo e dando-lhe o peito.

A música foi se transformando aos poucos, de forma quase imperceptível. Agora já não eram mais mulheres cantando, mas outra coisa, um som indecifrável a princípio. Mas logo era um canto de pássaros enchendo o mundo com sua alegria contagiante.

Um dos pássaros se aproximou de Estrondo e abriu suas asas coloridas ("como ele ainda permanece no ar sem bater as asas?", pensou Estrondo).

Parecia uma arara. Ou seria uma águia? Estrondo nunca vira uma ave tão bonita ou tão grande. Ou mesmo tão colorida. As penas coloridas pareciam mudar de cor, alternando e se alterando em uma explosão caleidoscópica.

O pássaro falou com ele.

Quando terminou, Estrondo sabia o que fazer.

24

A noite ia alta quando foram acordados por barulhos estranhos. Duarte levantou-se na rede. Olhou para o lado e viu Elmano em pé, os olhos enormes, assustados.

– O que foi isso? Que barulho foi esse?

– Não sei. Nunca ouvi nada assim. – respondeu Elmano, pegando o facão.

Agora era silêncio. Mas Duarte ouvira. O som estranho misturara-se ao seu sonho. Em seu idílio, abraçava e beijava uma moça em um puteiro, em Belém. Então essa se virara para ele, para dizer-lhe alguma coisa. E o que saíra de sua boca fora aquele som pavoroso e indescritível.

– É um macaco. – arriscou alguém.

– Macacos não fazem esse barulho. Parecia um cachorro do mato.

Não, pensou Duarte. Nunca vira um cachorro fazendo um som parecido.

Então, veio de novo. Vinha do fundo da floresta, como tambores batendo forte. Mas era voz de algo ou alguém.

Os homens já estavam agora todos acordados e era possível ver seus vultos pela luz da lua que se infiltrava pelas folhas. Alguns seguravam facões, outros garruchas. Dom Rodrigo, no centro da clareira, vociferava:

– Que merda é essa?

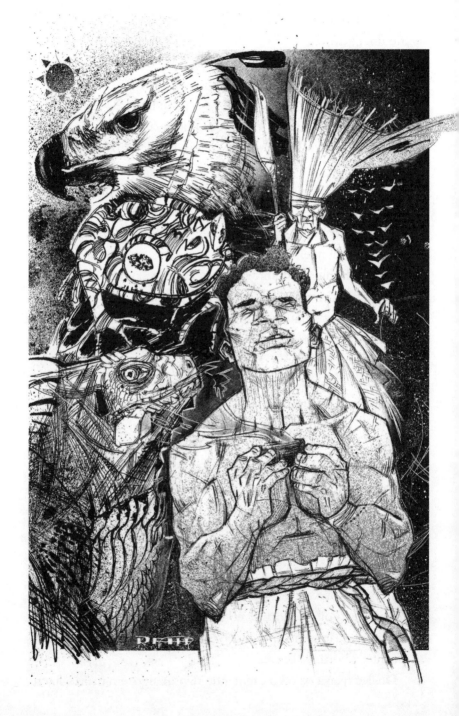

O som voltou a retumbar. Agora estava mais próximo. Duarte sentiu um calafrio.

Houve um grito. Confusão. Na escuridão da mata era impossível saber de quem era o grito, mas era humano.

– O que foi isso? Quem gritou? – berrou Dom Rodrigo. Duarte percebeu que o grito continuava, mas se distanciava, como se o autor do grito estivesse sendo levado para longe. Enfim, cessou.

O silêncio voltou a reinar, sombrio e tenebroso, como a calmaria próxima à tempestade.

Ouviram então o urro inumano e algo foi jogado no meio da clareira. Algo grande.

Alguns homens se aproximaram da coisa, entre eles Duarte. Mas recuou, horrorizado. Era um dos soldados. Sua cabeça estava estraçalhada, os miolos como uma gosma indefinida escorrendo pela caixa craniana fendida. A parte direita de seu tronco também desaparecera, assim como parte de um braço, como se alguém tivesse arrancado com uma mordida. Mas, meu Deus, que tipo de animal teria uma boca tão grande?

Duarte afastou-se mais e dobrou-se sobre si. Vomitou tudo que comera na noite anterior. Imagens do corpo mutilado iam surgindo em flashes diante de seus olhos.

Quando finalmente terminou, olhou à volta e percebeu que estava sozinho, na beira da clareira. Começou a andar na direção contrária, imaginando que estaria mais seguro no meio dos outros.

Foi quando viu a coisa. Dom Rodrigo era um gigante, mas parecia um anão perto daquilo. Era peludo como um macaco, mas não tinha pescoço. Acima do ombro elevava-se um monte de pelos com um único olho, enorme, no centro. Os braços eram enormes, do mesmo tamanho do corpo, com mãos imensas. E o detalhe mais nauseante: a boca... a boca...

Duarte fixava os olhos, tentando divisar algo, em meio à luz tênue da lua numa tentativa vã de confirmar o que seus olhos estavam vendo. Ainda assim não acreditava.

A boca da criatura ficava onde deveria estar sua barriga! Se é que se podia chamar aquilo de boca. Era um rasgo de ponta a ponta, repleto de dentes. E fedia. De onde estava, Duarte podia sentir seu fedor nauseante como uma fossa pútrida.

– O demônio! – gritou um dos homens.

– Mapinguari! Mapinguari! – respondeu outro.

A coisa passou rápida pelo meio do grupo. Houve tiros, golpes de facão, gritos. Por fim, desapareceu, levando com ela um dos soldados.

De novo o silêncio agoniante, quebrado apenas pelos gritos de Dom Rodrigo, que parecia ter recobrado a capacidade de liderança:

– Para o centro, para o centro! Fiquem em círculo!

A estratégia de defesa era a única saída que tinham. Ficar ali, de costas um para o outro, cada um com sua garrucha carregada e apontada, pronta para atirar.

Houve um urro soturno, um estalar de raízes e galhos e um corpo foi jogado próximo aos soldados.

– Não saiam da posição! Mantenham posição! – ordenou Dom Rodrigo.

O corpo caíra próximo dele, mas Duarte evitava olhar. Sabia que sentiria engulhos se visse de novo aquilo: o corpo deformado e corrompido por mordidas daquela boca larga, repleta de dentes e odor nauseabundo.

Assim, ficou ali, em posição, olhando para a frente, e evitando o chão.

O urro se repetia, às vezes próximo, às vezes longe. De tempos em tempos, alguém abaixava a arma ao que era imediatamente repreendido por Dom Rodrigo:

– Atenção, imbecil! Se morrermos, será sua culpa!

Duarte aguçava os sentidos. Procurava não só ouvir a aproximação da coisa, mas sentir seu fedor.

O tempo passava. As pernas doíam. Os braços doíam. Lá no alto os primeiros raios de sol começavam a despontar e tentavam em vão avançar pela densa folhagem. Em uma árvore próxima, periquitos comemoravam em alvoroço.

De alguma forma os soldados sabiam que se sobrevivessem ao nascer do dia, estariam salvos.

Mas o dia não vinha.

Ficaram lá, parados, sabe-se lá quanto tempo, esperando. Esperando um novo ataque que nunca vinha... esperando que o sol finalmente conseguisse ultrapassar a barreira das árvores.

Enquanto esperava, Duarte tentava colocar os pensamentos em ordem. Lembrava-se da coisa peluda avançando pelo acampamento. E de repente teve uma certeza: era Dom Rodrigo que ela queria, mas de alguma forma ele conseguira escapar do ataque. De alguma forma, outro fora sacrificado em seu lugar.

Finalmente os raios surgiram. O cheiro do orvalho se espalhou.

Estavam salvos. Tinham sobrevivido àquela noite tenebrosa.

25

Estrondo saiu da floresta, surgindo quase que junto com o dia. Trazia nas mãos algumas folhas e raízes.

– Traga uma cuia. – pediu para Moara.

A moça trouxe. Ele macerou as folhas e raízes e acrescentou água.

– O que é isso? – perguntou a moça.

– Remédio. Para Chico.

– O que são essas coisas?

– Não sei.

Moara levantou as sobrancelhas:

– Como assim, não sabe? Você pegou algumas folhas no mato e vai dar para Chico? Sem nem mesmo saber o que é? E se for veneno?

– É remédio. Confie em mim.

Moara pegou a vasilha.

– De jeito nenhum você vai dar isso para Chico!

Já ia jogar fora o conteúdo, mas foi detida por Mura.

– Não faça isso. Tenho o pressentimento de que isso vai realmente curá-lo.

A moça assentiu.

– Está bem. Damos um pouco. Se percebermos que ele está passando mal, jogamos fora.

Chico estava na rede. A fase agressiva da doença tinha passado. Agora só dormia, embora ainda estivesse febril.

Moara aproximou a cuia e derramou um pouco do líquido em seus lábios. Ele instintivamente sorveu. Derramou mais um pouco. Então encostou a cuia nos lábios de Chico e ele bebeu. Antes que terminasse já estava nitidamente melhor.

– Senti saudades de vocês. – disse, abrindo os olhos.

E, virando-se para Estrondo:

– Obrigado por me salvar. Agora entendo porque você precisava ir junto comigo...

Até o final da manhã já estava recobrado o suficiente para seguirem viagem.

Embarcaram e remaram pelo rio estreito. Moara ia logo atrás de Chico, impressionada em vê-lo totalmente saudável, usando seus fortes músculos para mover o remo. Ela havia temido perdê-lo na noite anterior. Mas talvez fosse verdade. Talvez ele tivesse mesmo o corpo fechado.

26

Tinham passado o dia quase inteiro remando, sem encontrar local de pousada. Na verdade, mal encontravam local para aportar, tal era o lamaçal do mangue. Acabaram fazendo a refeição nas canoas mesmo: peixe seco e frutas.

Já ia alta a tarde quando finalmente se depararam com um trapiche.

Um homem veio recebê-los. Vestia-se todo de branco, com um chapéu de abas curtas. Exibia um sorriso:

– Venham! Venham! Podem vir! Aqui terão abrigo e comida!

As canoas foram se aproximando. Quando Chico desceu da sua, o homem aproximou-se rápido para apertar-lhe a mão.

– Oh, Chico! Chico, seja muito bem-vindo à minha humilde casa.

O outro pareceu desconcertado:

– Como soube que era eu?

– Pelo patuá, claro. Vou lhe dizer: correm milhares de histórias sobre você e seu grupo. Você não tem ideia de como é uma honra recebê-los em minha humilde residência.

– Seu nome...?

– Manuel.

Houve um silêncio constrangido.

– Meu pai era português. Minha mãe era mestiça. Ele me colocou esse nome. Nunca gostei. Mas entrem, entrem, por aqui.

Foi guiando-os pelo trapiche. A casa era de madeira, mas bonita e grande, com uma varanda e vários cômodos. Tinha sido recentemente caiada. Vasos de flores estavam pendurados nos caibros.

– O senhor tem uma bela casa, senhor Manuel.

– Ah, sim. Minha esposa é muito caprichosa. Somos pobres, mas zelosos.

Pobres não parecem, pensou Chico. De onde ele tirava o dinheiro? Seria um vendedor ambulante, que percorre os rios num batelão? Não vira nenhum barco apropriado no trapiche.

Uma grande mesa ocupava o cômodo principal. Havia pratos e talheres distribuídos ao longo dela.

– O senhor tem uma família grande. – observou Chico.

– Oh, sim. Tenho vários filhos. E vários parentes na região. Sempre me visitam. Nos domingos essa mesa enche de gente.

Uma mulher se aproximou, limpando a mão no avental grudado à cintura. Devia ter pouco mais de quarenta anos e alguns fios brancos, mas parecia que a idade não a tinha afetado muito.

– Essa é minha esposa, Maria.

– É um prazer conhecê-lo.

Chico apertou as mãos dela.

– E onde estão seus filhos?

A mulher começou a falar algo, mas foi interrompida pelo marido:

– Com parentes. Estão visitando parentes.

– O senhor me desculpe, nosso açaí acabou, mas temos suco de taperebá. Posso servi-los?

Chico fez que sim.

Vieram copos e uma grande jarra repleta de suco grosso. Os homens se fartaram bebendo.

– Maria ainda está fazendo a comida, mas vai trazer macaxeira para irem enganando a fome enquanto esperam.

Manuel fez um gesto para a mulher, que correu para a cozinha e voltou com uma travessa cheia de pedaços de macaxeira cozida.

– Comam, podem comer. Tem bastante! – estimulava Manuel.

Moara pegou um dos pedaços e levou à boca. Cuspiu imediatamente.

– Não comam! É mandioca brava!

84

Manuel ficou lívido:

– Não, imagina. Isso é macaxeira. Foi minha esposa que preparou!

– Na tribo eu era responsável por tratar a mandioca. Sei diferenciar quando vejo. Esse verme queria nos envenenar!

Nisso, um barulho retumbou pela casa. Uma lasca de madeira de um caibro caiu no chão.

– É tiro! Uma cilada! – gritou Chico.

Os homens derrubaram a mesa e se abrigaram atrás dela. Os estampidos agora vinham de todos os lados.

Manuel correra na direção da cozinha, mas fora interceptado por Mura e levado para junto deles.

– Se morrermos, você morre!

O homem tentava a todo custo escapar, mas um soco de Estrondo o fez aquietar.

– Grite para pararem! – ordenou Chico.

O homem se recusou.

– Se continuarem atirando, vão acertar você, seu idiota!

Isso pareceu convencê-lo.

– Parem de atirar! Parem de atirar! Sou eu! Estou mandando parar! – gritou.

Fez-se silêncio.

Chico agarrou o homem pela camisa:

– Quem são essas pessoas lá fora? São soldados?

– Não, nada de soldados. – rugiu o homem.

– Então quem são?

– São meus capatazes...

Chico soltou-o.

– Capatazes? Então há escravos aqui?

– Sim, a senzala fica longe da casa grande. Entrando pela mata. Achei que assim seria mais seguro.

– E por que tentou nos matar?

– Você ainda pergunta? Em todas as fazendas por onde passou, libertou os escravos. Eu iria arriscar, me diga? Além disso, Andrea está oferecendo uma recompensa por sua cabeça...

– Então pensou em matar dois coelhos com uma única cajada-da...

– Evitava uma revolta dos escravos e ao mesmo tempo recebia a recompensa. – concluiu Estrondo.

– Os homens lá fora seriam apenas para caso de algum de vocês sobreviver à mandioca. Não contava com a possibilidade de reconhecerem que era venenosa. Poucas pessoas conseguem perceber a diferença...

– Não contavam com Moara. – disse Chico.

A índia sorriu.

Agora, no entanto, estavam num dilema. Não podiam sair, ou seriam alvejados. Se os capatazes tentassem entrar, seriam mortos. Nesse jogo, um passo errado seria mortal.

– Fiquem aqui. – pediu Mura.

Chico segurou-o:

– Aonde vai?

– Logo saberão.

O índio avançou pela casa, olhando a cada janela que encontrava. Ele calculou que a maioria dos atiradores estava na parte da frente da casa e se dirigiu para a cozinha. Uma vez lá, escalou pelos caibros até chegar à trave do telhado. Com cuidado, foi tirando as telhas até conseguir um buraco pelo qual poderia passar. Como era pequeno, o espaço necessário era mínimo.

Andou por cima do telhado, observando. Como suspeitara, a maioria dos atiradores estava posicionada na frente na casa. Alguns na lateral. Nenhum na parte de trás. Pulou para uma árvore próxima e desceu para o quintal.

Antes de seguir apurou os ouvidos. Nenhum som. Pelo jeito, ninguém o vira sobre o telhado.

Foi andando por um caminho de terra, no meio do mato. Ao final dele, encontrou uma construção grande de madeira, sem janelas. Apenas uma porta gampla na frente, guarnecida por uma tranca e um cadeado grande.

Mura procurou à volta, até encontrar uma pedra do tamanho que precisava. Levantou-a acima da cabeça e bateu-a forte contra o cadeado. A pedra escapou de suas mãos, mas o cadeado não cedeu. Lá, dentro da construção, ouviu vozes.

Ia abaixando-se para pegar novamente a pedra quando sentiu um golpe forte na cabeça e desabou no chão.

A cabeça latejava forte e a visão falhava. Virou-se, rápido, a tempo de se defender de outro golpe.

Dessa vez podia ver o oponente, mas a visão embaçada fazia com que só conseguisse perceber um vulto. Um novo golpe veio e mais uma vez ele conseguiu se livrar. Mas se acertassem de novo sua cabeça, provavelmente desmaiaria. Era com muita dificuldade que conseguia manter a consciência.

Tateou a cintura em busca da arma, mas ela provavelmente caíra do cinto na hora do golpe.

Meio cego, foi se arrastando e tateando o chão até encontrar o que procurava: a pedra.

Virou-se rápido e lançou-a. Era um golpe desesperado. Se errasse, estava provavelmente perdido. Usou o resto de suas forças para isso.

Depois ficou ali, deitado, em um estado de semiconsciência, tentando recobrar as forças e a visão.

Finalmente foi sentindo que voltava ao mundo dos vivos. Levantou-se, trôpego, piscando os olhos. A visão voltou ao normal. Foi quando viu a pessoa que o atacara. Era a mulher do fazendeiro. Estava agora estendida no chão, inerte.

"Depois me preocupo com ela", pensou. "Agora tenho algo urgente a fazer".

Pegou a pedra e martelou-a forte contra o cadeado. Dessa vez ele fez um clic... e abriu!

27

O tempo passava, lento e sombrio. Os que estavam dentro não ousavam sair. Os de fora não ousavam invadir.

Os homens de Chico permaneciam de arma em punho, prontos para um ataque que nunca vinha.

Era como um jogo de xadrez em que ninguém ousava fazer o primeiro lance com medo de perder todas as peças.

Então alguém fez uma jogada.

O fazendeiro aproveitou um momento de descuido e saiu correndo. Foi tão inesperado que ninguém teve reação. Ele corria e gritava:

– Não atirem, sou eu! Não atirem!

Ele cruzou a soleira da porta e Chico percebeu que estavam perdidos. Sem o dono da fazenda como refém, os capatazes poderiam atirar a esmo, sabendo que hora ou outra os cabanos seriam atingidos.

Dito e feito. Não demorou muito começaram os tiros. Chico deitou no chão e fez sinal para que os outros fizessem o mesmo. Alguns se arrastavam para as janelas numa tentativa de revidar os disparos.

Um tiro acertou um lampião, outro acertou um caibro. Um índio que se levantara foi alvejado no braço e ficou ali no chão, sangrando, sozinho, pedindo por ajuda.

Alguns cabanos já respondiam aos tiros, mas agora era uma partida desigual. Não sabiam onde os atiradores estavam.

Um dos mestiços que atirava pela janela foi atingido. Seu chapéu rolou pelo chão. Quando o corpo desabou, já estava sem vida.

Os tiros aumentavam cada vez mais e parecia que estavam perdidos, quando, de repente, a artilharia cessou.

"Estão se preparando para invadir a casa", pensou Chico.

Mas não houve invasão. Ao invés disso, surgiram gritos estridentes e alguns poucos tiros, mas foi tudo.

Finalmente, o silêncio, que durou pouco, e foi substituído por gritos de alegria.

Chico assomou à janela e espantou-se com o que viu: vários negros agitando suas ferramentas de trabalho no ar – enxadas, facões, martelos e dançando. Viu também os capatazes e o dono da fazenda. Mortos.

Mura surgiu no meio deles e veio na direção da casa.

Foi recebido com abraços esfuziantes de Chico.

– Você? O que você fez?

– Simples, eu libertei os escravos! Os brancos nem viram eles se aproximando!

– Você nos salvou. Mas alguns de nós foram alvejados. Precisamos cuidar dos feridos... Estrondo?

O gigante negro permanecia parado olhando ao longe, como se tivesse visto um fantasma.

– Estrondo?

O outro não respondeu. Saiu correndo pelo quintal. Só então Chico percebeu que uma mulher corria na direção dele.

– Mãe! – gritou o gigante. Mãe!

Pegou a mulher e a levantou com facilidade. Depois a aconchegou junto ao peito. A mulher o enchia de beijos.

Depois foi levando-a na direção de Chico, sorrindo de orelha a orelha:

– É minha mãe! É minha mãe!

– Nós percebemos. – respondeu Chico.

28

Raimundo avançou a passos lentos pela mata. Não queria fazer barulho ou correr o risco de pisar em um galho seco. Tinha deixado sua canoa amarrada na beira do rio. Havia várias outras ali, dos soldados. Mas esperava ter terminado o trabalho antes que eles acordassem. Se tivesse sorte, seria um serviço limpo e silencioso: uma facada e tudo acabado, muito embora preferisse de outra forma. Se pudesse escolher, faria o gigante morrer lentamente, em meio ao mais atroz sofrimento. Mas sabia que isso era impossível.

Enquanto caminhava, os pés escolhendo onde pisar, lembrava.

Lembrava do sorriso da mulher.

Eles se conheceram em uma festa. Ela era muitos anos mais nova que ele, mas ainda assim parecia comandá-lo. Convidou-o a dançar. Depois o chamou para o quintal e beijou-o com paixão. Alguns meses depois estavam casados. De manhã, acordava antes dele, preparava o café e o esperava com um sorriso.

Lembrava da filha.

Das travessuras de criança, dela pulando em seu colo. Raimundo olhava para ela e pensava: "É a mãe toda".

Agora estavam as duas mortas.

Já estava perto. Podia ver a luz do que restara da fogueira se destacando na floresta escura. Isso o fez estancar. Talvez ainda estivessem acordados. Apurou os ouvidos. Nada. Pelo jeito, simplesmente tinham deixado que a fogueira se apagasse sozinha.

Avançou alguns passos. Podia ver agora o acampamento. As redes estavam amarradas nas árvores, em um círculo irregular.

Tirou a faca do cinto. Tinha que tomar ainda mais cuidado agora. Estava na boca do leão. Torcia para matar o gigante sem barulho. Mas mesmo que os outros acordassem, sentir-se-ia satisfeito. Podia não sobreviver, mas o homem que matara sua mulher e sua filha tinha que morrer.

Deu mais alguns passos, calculados na direção da rede com maior volume. Finalmente, depois do que pareceu uma eternidade, alcançou-a. Sim, era ele.

Levantou a faca, calculando o melhor ângulo para o golpe.

Nisso uma coruja chilreou. O som agudo atravessou a floresta, acordando Dom Rodrigo.

O gigante abriu os olhos e arregalou-os. Desviou-se no exato segundo em que a faca descia sobre seu peito. Raimundo tentou novamente. Mas dessa vez, quando sua mão armada descia, foi interceptada por garras de aço.

Dom Rodrigo levantou da rede num salto, ainda segurando a mão do caboclo. A faca não estava mais ali. Tinha caído há muito tempo. O gigante olhou-o e levantou as sobrancelhas, como se tentasse lembrar-se de onde o conhecia. Finalmente um brilho pareceu surgir em seus olhos.

– Oh, é você! Eu deveria tê-lo matado junto com sua esposa e sua filha. Mas é sempre a hora de corrigir um erro. Mas por que razão diminuir a diversão?

Soltou o braço do caboclo. Raimundo titubeou um instante. Pensou em atacar o gigante, mas sabia que desarmado não teria nenhuma chance contra ele.

No final, correu.

Foi correndo, tropeçando pelos galhos e cipós caídos enquanto Dom Rodrigo o seguia, andando lentamente e recitando:

– Ding Dong.. Ding dong... que barulho é esse? Ding dong... ding dong... é o sino da morte que está soando.

Raimundo deveria ter se escondido, aproveitado a escuridão da noite. Mas no seu desespero, tudo que pensava era em fugir e o fazia da maneira mais barulhenta possível. Tudo fazia barulho: os galhos caídos, as folhas secas, toda a floresta parecia querer revelar onde ele estava.

– Ding dong... ding dong. – ouvia ele, cada vez mais perto.

Um mato serrilhado cortou sua roupa e fez seu braço sangrar, mas ele seguia em frente, na esperança vã de conseguir se salvar. A voz continuava, inclemente:

– Ding dong... ding dong.

Então sua perna afundou até o joelho na lama. Tinha chegado à beira do rio, ao igapó. Tentou livrar-se, mas era muito fundo e o outro pé agora também afundava. Quando conseguiu se soltar, viu o gigante vindo atrás dele, o sorriso sádico brilhando sob a luz da lua:

– Ding dong... a morte cada vez mais perto.

Correu o mais que pôde, mas as pernas não respondiam. Finalmente desabou no chão, o coração para explodir.

Dom Rodrigo o pegou pelo pescoço e o levantou. As garras do gigante esganavam sua laringe, fazendo com que cada respiração se tornasse um suplício.

– Ding dong... – repetiu Dom Rodrigo. Fique feliz. Você vai encontrar com sua esposa e sua filha.

Então colocou dois dedos sobre os olhos e empurrou ao mesmo tempo em que aumentava o aperto no pescoço. Os olhos saltaram como bolinhas de gude ao mesmo tempo em que o homem soltava o último suspiro.

29

Estrondo geralmente não só remava como era um dos mais importantes nessa função. Sua força era tamanha que para cada remada sua eram necessários dois homens remando do outro lado para evitar que a canoa saísse do trajeto. Naquele dia, entretanto, ele não remou. E todos entenderam. Estava encantado com a mãe. Era um homem enorme, mas parecia uma criança carente. A mãe, por outro lado, acariciava seu rosto como se pegasse num bebê.

– Senti tantas saudades. – dizia ela.

– Eu não entendi porque foi vendida. Ninguém entendeu.

A mãe abaixou a cabeça, desconsolada.

– O dono da fazenda precisava se livrar de mim. Para ele, quanto mais distante eu estivesse melhor.

Ficaram em silêncio. Estrondo parecia matutar sobre o que tinha ouvido. Enfim, quebrou o silêncio:

– Eu não entendo. Por que ele precisava que você estivesse longe da fazenda?

– Meu querido, você é filho do antigo dono da fazenda, o pai do atual.

O gigante negro ficou mudo, sem reação. A mãe soltou um risinho:

– Felizmente você não se parece nada com ele. Mas mesmo assim era um incômodo para o filho, que assumiu a fazenda quando ele morreu.

– Se eu incomodava, porque não me vendeu?

– Você era um escravo forte. Ele só perderia te vendendo. Mas me tirando da fazenda, ele sabia que o segredo ia comigo e você voltava a ser apenas um escravo.

Estrondo parecia desconcertado:

– Mas ele achava o quê? Que eu iria reivindicar a fazenda? Nunca nenhum escravo fez isso.

– Sabe-se lá o que se passava na cabeça dele. Talvez fosse só ciúmes...

Estrondo foi o resto da viagem matutando. Entendia agora a implicância do fazendeiro com ele. Era sempre o que deveria trabalhar mais, era sempre o que era punido pela menor falta. Achava que era por causa de sua força. Agora sabia que era muito mais.

A tarde já ia sendo substituída pelo crepúsculo quando perceberam que tinham companhia. Algo acompanhava os barcos, flutuando ao lado deles. Inicialmente Chico achou que fosse um tronco de árvore levado pela correnteza, mas logo percebeu que não era. Era grande demais, e era vivo. A água turva impedia ver do que se tratava, mas ele adivinhava: era uma cobra, mas tão grande que seriam necessários quatro homens com as mãos estendidas para abraçar seu tronco. Torcia para que fosse Norato. Os homens também perceberam a coisa se movimentando ao lado das canoas e ficaram inquietos. Chico os acalmou:

— Está tudo bem.

Embora tivesse dúvidas. Mesmo que fosse Norato, porque acompanhava o comboio? Pressentia algum perigo?

Enfim o igarapé se abriu num rio grande. As águas dos dois rios se encontravam em uma linha sinuosa.

Chico fez um movimento para que parassem ainda no igarapé. Pressentia algo.

Ficaram em silêncio, esperando sabe-se lá o quê. Mas o perigo era tão palpável que podia ser sentido: um arrepio na pele, os pelos eriçados.

A natureza, entretanto parecia absolutamente calma. O vento cessara, assim como a correnteza. Pássaros cantavam ao longe. Um jabuti pulou de uma raiz e mergulhou na água, displicente. Parecia tudo absolutamente calmo, quieto. "A calma antes da tempestade", refletiu Chico.

Então aconteceu.

Começou como uma agitação enorme no rio, como se um navio que tivesse afundado e emergisse. A água se agitou em grandes ondas, que quase afundaram os barcos.

Então uma cobra enorme surgiu, ameaçadora, sua boca aberta. Era maior que uma árvore. Quando se preparava para dar o bote sobre as canoas, a água novamente se agitou e surgiu diante dela uma outra cobra, igualmente enorme e assustadora.

— Norato e Caninana. — sussurrou Chico. Finalmente vão acertar as contas.

As duas cobras investiram uma contra a outra. Era difícil ver qualquer coisa. A violência das duas serpentes se refletia na violência das águas. Chico teve que orientar as canoas para a beira-rio, caso não, teriam todos naufragado.

O fragor das águas se misturava ao som aterrador da luta. Elas mergulhavam, voltavam, atacavam, mordiam, seus corpos maciços, mas flexíveis. Debatiam-se. De tempos em tempos, uma das caudas saía da água e derrubava uma árvore.

A luta parecia durar uma eternidade e era impossível sequer adivinhar quem estava ganhando. Chico temeu que as duas destruíssem tudo à sua volta e já pensava em procurar abrigo na floresta quando finalmente a batalha cessou. Uma das cobras conseguira morder a adversária próximo à cabeça e a outra, na tentativa de se livrar, mergulhou. Desceram as duas, em meio a um turbilhão violento.

Então, tudo se aquietou. As águas se acalmaram em longos e angustiantes minutos.

A água voltou a se agitar, embora lentamente. Uma cabeça de cobra emergiu e aproximou-se da beira.

"Norato ou Caninana?", pensou Chico, pegando a pistola.

A enorme serpente aproximou-se deles e ficou algum tempo lá, parada. Depois afundou e desapareceu na água lamacenta. Era Norato.

30

Estavam chegando. Já podiam ver a cidade ao longe, as casas, a igreja.

Mazagão. Estavam no Amapá. Tinham finalmente chegado. Chico sorriu, feliz. Tinham fugido de Belém com algumas poucas canoas, escapando no meio do fogo inimigo vindo dos navios de guerra. Eram poucos, mas o grupo foi aumentando cada vez mais, à medida que avançavam. Tinham enfrentado inúmeros perigos, tanto deste quanto do outro mundo. E haviam finalmente chegado.

A beira-rio era dominada pelo prédio da igreja, a torre do sino

centralizada no meio da parte frontal, três portas grandes com caixilho arredondado e várias janelas laterais. O sino tocava, mas não parecia haver ninguém no templo.

Na verdade, não parecia haver ninguém na cidade inteira. Os cabanos desembarcaram e olharam à volta. Parecia uma cidade fantasma. Não havia nenhum som, nenhum movimento. Nenhuma das casas parecia ocupada.

Ainda estavam tentando entender o que acontecia quando ouviram um ressoar de tambor. Vinha de longe, mas se aproximava. Tentavam descobrir de onde vinha quando um negrinho surgiu em uma esquina. Trazia com um tambor pendurado no pescoço e tamborilava com duas baquetas.

O garoto passou por eles, ignorando-os completamente e continuou pela rua da beira-rio, tamborilando e cantando uma música que ninguém conseguiu compreender. Fez isso até um ponto próximo ao rio e pareceu desaparecer ali, no meio da água.

Chico piscou, sem querer acreditar em seus olhos. A cena em si já era totalmente bizarra, a cidade abandonada, o negrinho aparecendo do nada tocando o pequeno tambor, mas se tornava ainda mais com ele aparentemente desaparecendo na água. Olhou para os colegas e percebeu que todos estavam perplexos, sem reação. Tinham visto tanta coisa nessas semanas, mas aquilo, de alguma forma, parecia mais surreal.

Recobrados do espanto, resolveram revistar as construções. Começaram pela igreja. A porta estava aberta. Entraram pela porta principal e deram com um salão de bancos de madeira. Tudo parecia muito asseado, sem poeira, como se tivesse sido limpo recentemente, mas não havia ninguém ali.

– Os sinos estavam tocando. – lembrou Mura.

Subiram à torre do sino. Ninguém.

Foram nas outras casas, começando pelas de alvenaria. Em algumas encontraram comida posta na mesa, mas não havia sinal de viva alma.

– Será que fugiram quando souberam que estávamos chegando? – indagou Moara.

Chico ruminou uma resposta, mas não disse nada. Se tivessem fugido assim que os viram, haveria sinais, mesmo que fosse uma fuga desesperada. Mas não havia nenhum sinal de algo parecido. Parecia que as pessoas simplesmente tinham desaparecido de uma hora para outra.

Não, tudo aquilo era muito estranho.

Então ouviram um grito. Um dos índios:

– Aqui, venham! Há alguém aqui!

Correram pela beira-rio até uma casa humilde de madeira e telhado de palha.

Havia uma mulher negra ali, uma velhinha de cabelos brancos, deitada em uma cama.

– Finalmente apareceu alguém! – disse ela, para Chico. Eu estava morrendo de sede. Meu filho, por favor, me serve um copo de água.

Chico olhou atrás de si e viu uma moringa e um copo sobre uma prateleira. Encheu o copo e deu para a senhora. Ela bebeu tudo rapidamente, sorvendo até a última gota. Quando terminou, estendeu novamente o copo:

– Mais água, por favor. Eu não posso levantar meu filho, estou presa nesta cama. Não sei há quanto tempo estou morrendo de sede.

Chico encheu um segundo copo. Dessa vez ela tomou lentamente, sorvendo cada gota como se degustasse o mais delicioso dos líquidos.

– Qual é o seu nome, vovó? – perguntou Chico.

– Zezé, todas me chamam de tia Zezé.

O cabano esperou que ela terminasse, então fez a pergunta que estava na ponta da língua:

– Para onde foram todos?

Nenhuma outra resposta poderia surpreender mais o grupo:

– Para a África, meu filho, foram todos para a África!

– Para a África? – espantou-se Chico.

– Já ouviu falar do São Sebastião, o rei dormente?

– Sim, claro. O rei guerreiro que morreu na África.

– Dizem que não morreu. Dizem que vai reaparecer um dia para guiar o povo para a vitória contra os mulçumanos. Os brancos desta vila vieram de uma cidade no Marrocos que se chamava Mazagão, por isso batizaram este local com o mesmo nome. Eles falavam a todos que um dia iam voltar para a África para combater ao lado do rei dormente. Falavam tanto nisso que convenceram até os negros escravos e libertos.

A velhinha fez uma pausa e bebeu mais um pouco de água.

– Um dia decidiram que era tempo de São Sebastião.

– Quem decidiu?

– Não sei. Foi passando de um a um. Diziam que o rei dormente estava chamando. Um chamava o outro, que chamava o outro para irem para a África combater os mouros ao lado de São Sebastião. Mulher, menino, criança, velho. Todo mundo queria ir. Tinha gente que saía no meio da refeição. Tinha gente que saía no meio do banho. Mal tinham tempo de colocar a roupa. São Sebastião estava chamando. Eu mesma teria ido se não estivesse entrevada nesta cama.

Tomou mais um gole da água e depois cantarolou, baixinho:

"Vou-me embora, vou-me embora, guardariô

Pra minha terra eu vou, guardariô

Eu aqui não sou ninguém, guardariô

Mas na minha terra eu sou, guardariô"

Depois fechou os olhos e dormiu.

31

Já estavam no rio Amazonas. Elmano sabia que faltava pouco para chegarem a Mazagão, onde inevitavelmente aconteceria o confronto contra os cabanos.

Enquanto remava, sua mente viajava. Agora, nesse momento drástico, ponto final de uma saga, sua mente se voltava para o passado. Já era homem feito quando conheceu Luiza. Ela era filha de uma das principais famílias; ele, um simples soldado imberbe. Tinha se alistado pouco antes da independência e do massacre do Brigue Palhaço. Depois daquele episódio pensava em desistir da farda, especialmente depois que viu Luiza na rua e se apaixonou.

Foi até ela e tentou conversar. Ela o ignorou solenemente.

Elmano já esperava por isso. Afinal, ela era uma branca, de uma das principais famílias e ele um soldado mestiço. Mas não desistiu. Todos os dias enviava a ela um mimo, uma flor, uma fruta. Um dia, arranjou coragem e foi falar com os pais da moça. Vestiu a melhor roupa e entrou no casarão. Surpreendentemente, foi bem recebido. Pediu a mão da moça em casamento e aceitaram. Mas exigiram que o casamento fosse numa das igrejas mais antigas de Belém, a de Santo Alexandre. "Deixe que a festa nós organizamos. Será uma surpresa para você. Cuide apenas da cerimônia", dissera o pai da moça.

O soldado gastou todas as suas economias, mas conseguiu marcar o casamento ali. Mandou fazer um terno no melhor alfaiate de Belém.

No dia marcado para o casamento, fez questão de chegar cedo. A igreja ainda estava vazia, mas ele não aguentava de ansiedade. Ficou lá, sozinho, aguardando pelos convidados, pela noiva e por sua família. Ninguém chegava.

Teria se enganado sobre a data? Não, tinha certeza de que aquele era o dia e o horário. Ninguém chegava. Nem convidados, nem noiva, nem família. Na verdade, nem mesmo o padre.

Desesperado, Elmano foi à sacristia procurar pelo padre e não o encontrou. Alguém lhe disse que naquele dia o padre estava em viagem pelo interior. Só então ele percebeu o que estava acontecendo: ele fora vítima de uma anedota. Tinham brincado com ele e suas expectativas. Até o padre participara da troça. Provavelmente

100

o religioso estava naquele momento na casa da noiva, brindando e rindo do causo.

Decepcionado, Elmano desistiu não só da moça, mas de fazer novas tentativas. Sua profissão passou a ser sua noiva. Quando Lobo de Souza chegou, serviu nas tropas dele. Quando a cabanagem eclodiu, passou sob as ordens de José Malcher e depois de Vinagre e, depois, de Angelim. Agora servia ao Brigadeiro Andrea. Era como um galho de árvore que cai na água e vai sendo levado ao sabor da correnteza.

Chegaram a uma bifurcação. O rio dividia-se em dois, fazendo a volta ao redor de uma ilha.

– Senhor, vamos para a esquerda? – perguntou Elmano.

– Não, vamos para a direita.

– Mas, Dom Rodrigo, se o que ouvimos estiver certo, eles estão em Mazagão. Para chegar lá, precisamos ir pela esquerda.

– Vamos pela direita, já disse.

Elmano sacudiu a cabeça, inconformado. Não fazia sentido tomar aquele caminho. O que o outro pretendia? Dar ao volta ao redor da ilha? Não fazia sentido. Como todo o resto em sua vida, isso também não fazia sentido.

32

Os dias pareciam finalmente felizes. O tempo de dificuldades e perigos parecia ter ficado para trás. Agora, tinham uma cidade inteira para eles. Havia o boato, confirmado por um ribeirinho que passou por ali, de que as forças de Macapá estavam se preparando para atacá-los. Mas o ataque nunca vinha. Além disso, Chico dizia que receberia em breve reforço e armas vindos da Guiana Francesa. Os franceses tinham interesse na tomada do Amapá. Assim que chegassem, as forças dos cabanos seriam muito superiores às forças policiais.

Enquanto esperavam, a salvação vinda da França ou o ataque vindo de Macapá, descansavam, divertiam-se, preparavam-se.

Os cabanos se revezavam para fazer as refeições, que eram servidas na igreja. Improvisaram uma mesa com uma tábua e se sentavam todos ao redor dela, conversando, contando anedotas. Tia Zezé era carregada até lá e, depois do jantar cantava ladrões de marabaixo. Estrondo acabou se revelando um talento no tambor. De vez em quando, alguém se arriscava e roubava o verso de Tia Zezé, continuando a música de improviso.

Muitas vezes Chico e Moara saíam antes e passeavam pela beira-rio. Depois se sentavam e olhavam a lua, conversando, apaixonados.

Parecia que estavam no paraíso.

Mas isso ia durar muito pouco.

33

Dom Rodrigo foi recebido como herói em Macapá. O governador veio pessoalmente recebê-los na beira-rio.

– Sejam muito bem-vindos. – disse, apertando a mão do gigante. Estou vendo que estão sujos, cansados e provavelmente com fome. Já providenciei um local onde poderão se lavar, comer e descansar.

– Depois. Antes quero ver as tropas. Retumbou Dom Rodrigo, como se desse uma ordem.

O governador pareceu surpreso e ficou indeciso por alguns momentos.

– Está bem. Vamos lá.

Foram levados até o paiol, onde o governador lhes mostrou um estoque grande de armas. Depois, no pátio da fortaleza de São José, Dom Rodrigo conferiu a tropa. Eram 80 homens muito bem armados, em fila. Prestaram continência para o gigante, que simplesmente ignorou.

– É, vai servir. – comentou, por fim. Então, onde é mesmo que vamos ficar? Estou morrendo de fome.

– Quer tomar um banho antes da refeição?

O gigante fez um sinal negativo com a cabeça.

– Já tomei meu banho este mês.

– Quer que mandemos uma moça, talvez uma índia de corda? Dom Rodrigo refletiu, provavelmente tentando pela possibilidade de ter um pouco de diversão.

– Não, melhor não. Vamos nos concentrar em matar cabanos.

34

"Está tudo estranho", pensou Elmano.

O sol, escarlate, descia no horizonte, anunciando a noite e antecipando a carnificina.

Na trilha, um gavião bicava uma cobra morta. Ao ver os soldados, parou por instantes, olhando-os firme, como se temesse que lhe roubassem a comida. Depois voou. A cobra ficou lá, o esqueleto descarnado com os ossos parecendo pequenos dentes afiados.

Estava tudo estranho, sombrio.

Uma coruja passou por eles e emitiu seu som horrível, arrancando calafrios de todos, menos de Dom Rodrigo.

Finalmente chegaram à parte mais estreita da trilha. Ainda era dia, mas uma penumbra fantasmagórica se abatera sobre o mundo.

Dom Rodrigo fez sinal para que parassem e olhou à volta, procurando sons ou movimentos.

– Duarte. – chamou.

O soldado deu alguns passos à frente.

– Senhor.

– Vá na frente. Tente não fazer barulho ou chamar atenção. Chegue o mais perto da vila que conseguir. Tente descobrir tudo que puder sobre as defesas deles.

O soldado titubeou.

– Está com medo, homem?

– Não... não senhor.

– Então vá! Agora!!

Duarte foi andando lentamente até ser engolido pelo manto de sombras das árvores.

Fez silêncio, quebrado apenas pela coruja, que continuava seu "uhuhu" interminável em algum galho de árvore.

Os minutos se passaram, cada vez mais tensos. Elmano segurava a arma com tanta força que seus dedos doíam.

Então começaram os gritos.

Os homens se entreolharam, apavorados.

Dom Rodrigo correu pela trilha, a arma em punho, pronto para atirar. Os soldados foram atrás dele.

Deram com Duarte estendido no chão, as pernas dentro de um buraco, tentando tirá-las. Era uma armadilha. Tinham cavado um buraco, colocado estacas pontudas e coberto com folhas, galhos e terra.

O pobre soldado gritava, desesperado. Uma das estacas tinha afundado profundamente na sua perna esquerda, fazendo um buraco tão grande que o osso ficou exposto.

– Fique quieto, vai revelar nosso ataque! – ordenou Dom Rodrigo.

– Está doendo, doendo muito! Oh, Deus! Nossa senhora, me acuda!

– Já disse para ficar quieto. – tornou o gigante, olhando em volta, desconfiado.

– Mas está doendo. Oh, meu Deus! Que dor horrível!

Dom Rodrigo aproximou-se dele. Pegou sua cabeça e girou. O corpo flácido do homem sem vida caiu ao solo.

– Eu disse para ficar quieto. – resmungou Dom Rodrigo, entre os dentes. Espero que não tenham escutado. Vamos, e cuidado onde pisam.

De repente estancou e apurou os ouvidos.

– Que som foi esse?

Então apontou: uma sombra se afastava furtiva por entre a vegetação.

35

Mura estava de guarda no alto de uma árvore quando começou a ouvir os gritos. Um dos soldados tinha caído na armadilha. Desceu da árvore rápida e silenciosamente. Mas quando seguia na direção da vila de Mazagão, acabou pisando inadvertidamente em um galho. Olhou para trás: os soldados corriam em sua direção, liderados por um gigante barbudo. Tinha ouvido falar dele. Era Dom Rodrigo. O homem era um assassino, mas o índio tinha esperanças de que ele não atirasse, o que revelaria o ataque.

Então o tiro de uma garrucha ecoou na floresta. Uma lasca de madeira saltou de uma árvore próxima. Pelo jeito estavam dispostos a qualquer coisa para impedi-lo de chegar à vila. Sua única esperança era guiá-los por um caminho perigoso, em meio às armadilhas. Mas corria o risco de seu próprio rastro guiá-los pelo caminho mais seguro.

Continuou correndo, os tiros estourando lá atrás e as balas passando muito próximo. Curiosa ironia. O pai morrera assim, sendo caçado pelos brancos, como um animal. Mas não ele, ele ia escapar, ia chegar à vila e avisar todos. Ele iria sobreviver.

36

– Cuidado onde andam. Não vão cair em outras armadilhas. – ordenou Dom Rodrigo.

Os homens se espalharam. Ele ficou onde estava, olhando à volta e tentando identificar um movimento suspeito. Então viu. O índio andava na frente dele a poucos metros. Olhava para outro lado, talvez observando algum dos soldados. Dom Rodrigo pegou a garrucha e apontou. Era sorte demais para ser verdade. Ali estava ele, totalmente vulnerável. Bastava um único tiro para acertá-lo.

O trovão ecoou, o projétil disparando pela floresta até acertar o índio. Este foi atingido e caiu, como um boneco.

– Matei! Matei o índio – rejubilou-se o gigante, correndo na direção do cadáver. Outros homens correram na mesma direção. Repetiram:

– Mataram, mataram o índio!

Dom Rodrigo foi o primeiro a chegar, o facão em punho, pronto para acabar o serviço, caso Mura ainda estivesse vivo. Mas estancou de repente, surpreso.

– Que bruxaria é essa? – resmungou, revoltado.

O homem caído e morto não era o índio. Era um dos soldados.

– Eu atirei no índio! Tenho certeza! Que bruxaria é essa?

Então, um farfalhar indistinto de folhas, como se o vento soprasse do nada, sem nenhum razão. Dom Rodrigo pensou ouvir uma risada, e, pelo canto do olho, viu uma figura fugidia, um ser estranho, indefinível, coberto de folhas, com os cabelos em fogo, e pensou ouvir uma risada. Foi quando soube que o índio deveria estar longe.

Nisso outro som lhe chamou a atenção. Olhou para cima, para o alto de um galho onde uma coruja estava encarapitada. A coruja olhou para ele, gorjeou e voou, indicando um caminho.

– Vamos! – gritou Dom Rodrigo! – temos cabanos para matar.

37

Mura achara que o tiro era direcionado para ele. Foi quando viu o soldado caindo. Não conseguia entender porque o gigante barbudo atirara em um dos seus próprios soldados, mas percebeu que aquela era sua chance.

106

Saiu correndo pela mata, desviando de cipós e galhos caídos.

Olhou para cima e viu uma coruja passar por ele. "Mau agouro", pensou.

Mas continuou avançando, cada vez mais rápido.

A mata à sua volta pareceu mudar, como se escurecesse inesperada e inexplicavelmente. Embora não pudesse ver, Mura podia sentir, no meio da penumbra assustadora uma galeria indistinta de seres diáfanos. "São seres da floresta", ele concluiu. Mas não pareciam fazer nada. Mantinham-se afastados, observadores, como se qualquer intervenção neste momento fosse impossível e indevida.

Mura percebeu, assustado, que não havia sons na floresta. Nenhum pássaro, nem mesmo o som tênue do vento batendo nas folhas. Nem mesmo o som de suas passadas sobre o chão repleto de folhas secas. Percebeu isso e perguntou-se se não estava morto e flutuava agora num estado de não existência em que nada mais era real. Mas ainda estava vivo. Ainda podia sentir o chão sob seus pés. Ainda podia sentir o cheiro da floresta.

Concluiu, com um calafrio, que andava agora não só por um espaço real, mas por um momento chave, por um daqueles pontos em que a história bifurca. Por isso os seres da floresta não intervinham nem contra ele nem em seu benefício.

Se conseguisse chegar a tempo, se conseguisse avisar Chico do perigo, do grupo enorme de soldados que o gigante barbudo conseguira reunir, se conseguissem escapar pela floresta, estariam a salvo. Jamais os achariam no meio da mata.

Mura avançava sabendo que não corria por sua vida, mas pela vida de todos os seus companheiros.

Então a negritude da floresta pareceu se desvanecer. Ao longe ele via a luz adentrando as trevas por entre os galhos, folhas e cipós.

Faltava muito pouco. Bastava continuar correndo.

Foi quando sentiu uma dor no peito. No início pareceu como uma picada de caba. Mas foi ficando mais forte. As pernas enfraqueceram e, olhando para baixo, ele viu o sangue escorrer de peito. Tinha sido atingido. Mas mesmo assim continuou correndo. Então tropeçou e caiu. Tentou se levantar, mas os braços pareciam fracos em meio uma inundação de dor que percorria seu corpo. Então sentiu uma nova fisgada, agora mais dolorosa, na região da barriga. O sangue agora jorrava em golfos generosos e a visão enevoava. Reunindo suas últimas forças, ele rastejou por alguns metros e então desabou.

Sua última visão foi dos soldados avançando na direção da vila.

38

Era o caos. Chico corria por sua vida, sem saber onde estavam os outros ou mesmo se estavam vivos. Tiros ecoavam como uma tempestade de morte inundando o mundo e o medo percorria sua espinha como um calafrio irrefreável, mas mesmo assim ele continuava correndo.

Tinham se aquartelado na igreja depois de ouvir os disparos. Os franceses não tinham mandado os reforços prometidos, mas Chico achava que poderiam resistir aos atacantes, mesmo com pouca munição. Só não contava que seriam tantos soldados. Quando olhou pela janela na torre do sino percebeu que estavam perdidos. Havia pelo menos três soldados para cada um deles.

Os cabanos fizeram barricadas com os bancos da igreja enquanto lá fora os soldados usavam um tronco de árvore como aríete. Os sons eram como trovões desabando sobre o mundo e a madeira não resistiria muito tempo. Entre uma investida e outra, os soldados atiravam na esperança de acertar alguém ou simplesmente provocar terror.

Finalmente os portões cederam e com isso eclodiu um pandemônio de tiros. Os primeiros soldados que se aventuraram a entrar na igreja foram atingidos e agoniaram no chão de madeira enquanto os disparos passavam por cima deles.

Os outros recuaram e começaram a atirar, tentando ultrapassar com suas balas a barreira de bancos. Pelo jeito tinham muita munição. Já os cabanos economizavam. Não sabiam quanto tempo duraria aquela batalha e precisavam guardar para a invasão que não vinha. Aos poucos a tática dos invasores começou a dar resultado. Estilhaços de madeira voavam para todo o lado, deixando brechas enormes na barricada. Um dos cabanos acabou sendo atingido no ombro e caiu para trás, entre gritos de agonia e jatos de sangue esguichando pelo chão.

Outro cabano foi atingido, agora na cabeça. Não teve tempo sequer de gritar ou se lamentar: seu corpo desabou e já estava sem vida quando atingiu o chão.

Chico orientou para que os companheiros cessassem o fogo e aguardassem. A ideia era fazer com que os invasores acreditassem que a munição tivesse acabado.

Fez-se um longo silêncio. Minutos cruciais em que ninguém atirava. Lá fora, os soldados confabulavam. Finalmente, dois deles, mais corajosos, avançaram pela porta, enquanto outros seguiam atrás. Chico esperou que eles já estivessem dentro da igreja para dar o sinal. Os tiros ecoaram pela estrutura. Os soldados não tiveram tempo de reagir. Caíram ali mesmo, enquanto os outros, atrás deles, fugiam em desabalada carreira. Moara sorriu para o amado, comemorando, mas Chico permaneceu grave. Sabia que era uma vitória momentânea. Pior: sabia que em algum momento os invasores teriam sucesso. Pior ainda se descobrissem a abertura na parte traseira da igreja. Se invadissem por ali, os cabanos estariam perdidos. O melhor a fazer era fugir por ela e tentar chegar à mata. Se pudesse esperar cair a noite, teriam chance de escapar sem serem vistos.

Os momentos pareciam horas. Os soldados atiravam de lá, pedaços de madeira voavam, balas tiravam pedaços de reboco da parede. Os cabanos respondiam de tempos em tempos, apenas para evitar nova invasão.

O rapaz que fora baleado estrebuchava e gritava em agonia. Os outros tentavam ajudá-lo, mas não havia muito o que fazer. O ferimento tinha sido fatal. Depois de longa agonia, fechou os olhos e morreu.

Finalmente o manto da noite caiu sobre a cidade. O resquício da luz solar entrou pela porta da frente, provocando uma sombra longa, que foi se extinguindo.

Chico considerou que esse era o momento para tentar a fuga. Orientou alguns cabanos a atirarem, dando cobertura. Os outros deveriam guardar a munição e permanecer com as armas prontas para atirar.

– Vamos! – disse.

A porta se abriu com um rangido. Chico saiu e olhou à volta. Dom Rodrigo não teria deixado soldados para vigiar a lateral? Só saberia quando chegassem em campo aberto. Finalmente estavam todos fora. Agora teriam que atravessar para outras casas em direção à floresta.

Começaram a correr em desabalada carreira quando iniciou a fuzilaria. Dom Rodrigo sabia que estavam tentando fugir e colocara atiradores na lateral da igreja! Agora era cada um por si, correndo e tentando encontrar um abrigo em meio aos disparos que iluminavam a noite com seu brilho mortal.

Era o caos.

39

Estrondo tentava ver algo no meio da noite. Uma nuvem encobrira a lua e a noite se fizera tenebrosa. Os amigos corriam, tentando se salvar enquanto as balas voavam ao redor deles. Alguns poucos atiravam de volta. A maioria economizava a munição.

Alguém caiu ao seu lado. Mesmo na pretura da noite e na correria sabia que estava morto.

Faltava muito pouco para alcançar uma casa e a segurança de uma parede. Depois, quem sabe, se encontraria com os amigos e fugiria para a floresta. Foi quando sentiu algo estourando em seu ombro. "Dor", ele pensou, estranhando, "Não sinto dor!" enquanto o impacto jogava ao chão.

Foi como um piscar de olhos no qual o mundo pareceu deixar de existir, sendo totalmente dominado pelas trevas. Quando voltou a si, sentiu uma dor aguda. Tinha provavelmente caído sobre uma pedra. Abriu rapidamente os olhos, talvez ainda tivesse tempo para a fuga.

A primeira coisa que viu foi o gigante barbudo sobre ele, apontando uma garrucha.

– Vão atrás dos outros. – ordenou. Matem todos. Deixem apenas Chico para mim. Desse aqui eu cuido.

– Atire! – desafiou Estrondo.

O outro riu.

– Não, escravo. Não vai ser tão fácil. Além disso, acha que eu perderia a oportunidade de me divertir um pouco com o famoso Estrondo, o negro que dizem ser uma fortaleza ambulante? Daqui de onde estou você não me parece tão terrível.

Estrondo tateou o chão, até seus dedos encontrarem a garrucha. Pegou-a e levantou de um átimo, desferindo um golpe na direção do gigante.

Dom Rodrigo parecia ter antecipado isso e desviou o golpe usando sua própria garrucha. Agora estavam os dois homens enormes, frente a frente. Dom Rodrigo sorria:

– Fico feliz. Achei que já estivesse morrendo. Seria um desperdício. Gosto de me divertir um pouco com minhas presas antes de matá-las.

Estrondo respondeu com um novo golpe, direcionado à cabeça do outro, mas este desviou e, aproveitando, atingiu a perna do cabano. Estrondo urrou de dor.

– Vamos, lá, negro! Tente de novo!

Estrondo voltou a atacar, agora direcionando a arma para o peito do gigante, que recuou, divertindo-se.

– Vamos, precisa melhorar sua mira se quiser me acertar.

Estrondo agora estava enlouquecido pela dor e pelo ódio. Atacou de forma totalmente irracional e animalesca. O outro simplesmente desviou, desequilibrando-o e, quando caiu, desferiu-se um golpe na cabeça.

O cabano agora mal conseguia ver, os olhos sujos do líquido rubro e viscoso. Com muito esforço, limpou o sangue dos olhos usando o verso das mãos. Quando finalmente conseguiu divisar alguma coisa, viu o cano da garrucha apontada para ele.

– Poderia ficar a noite inteira lutando com você. – disse Dom Rodrigo. Mas tenho outros cabanos para matar. Vá para o inferno, negro!

E atirou.

O tiro arrebentou o crânio do outro, matando-o imediatamente.

Alguns soldados retornavam arrastando corpos de cabanos. Um deles trazia uma mulher negra, ainda viva. Ao ver Estrondo, ela correu até ele e abraçou o cadáver do filho.

Dom Rodrigo deu um longo suspiro de contrariedade e aproximou-se da dupla.

Ela abraçava o filho e chorava:

– Você matou! Você matou o meu filho!

O gigante levantou a garrucha até a cabeça da mulher e atirou.

– Levem os corpos para a beira rio. – ordenou Dom Rodrigo. Vamos amarrar em postes e deixar que os urubus comam os cadáveres.

Recarregou sua garrucha e foi andando na direção das casas.

– Comecem sem mim. Eu tenho uma dívida para cobrar.

40

A noite parecia uma sinfonia terrível de barulhos de tiros e gritos de horror. Escondido atrás de uma parede, Chico permanecia indeciso. A fuga fora uma confusão horrível. Todos se perderam de todos e ele não sabia mais quem sobrevivera. Verificou a garrucha. Tinha munição para apenas um tiro. Estava muito próximo da mata e poderia fugir ou podia sair para a rua e tentar salvar alguém. A indecisão o paralisava. Pela primeira vez desde aquele dia, anos atrás, quando ainda era uma criança e fugira no meio da noite pela floresta, pela primeira vez sentia medo. E agora parecia que os entes da floresta o tinham abandonado. Estava sozinho.

Apurou os ouvidos. Os tiros diminuíam. Significava que já estavam todos mortos ou que a maioria já tinha conseguido fugir para a mata.

A angústia da dúvida era terrível. O que fazer agora? Tentar ajudar os amigos? Tentar encontrar Moara? Ele sabia que essa ideia era, no fundo, um suicídio. O que poderia fazer contra dezenas de homens armados e com munição de sobra? Entretanto, fugir para a mata não parecia uma opção enquanto houvesse a esperança, mesmo que mínima, de ajudar alguém.

No final, arriscou-se a sair à rua.

Deu de cara com os soldados, tendo o gigante barbudo à frente.

Levantou a garrucha e atirou.

Sua mão tremia. O tempo pareceu parar ali, naquele momento, a mão levantada, a garrucha apontada para o peito do gigante, paralisado como uma estátua, os soldados afastando-se num gesto instintivo.

Então a arma engasgou. O tiro falhou.

Dom Rodrigo deu um sorriso de puro sarcasmo.

– Vão procurar os outros! Eu cuido desse aqui. – disse, para os soldados.

Os homens se foram, desaparecendo por trás de paredes e árvores.

O gigante desembainhou a espada e Chico pegou seu facão.

Ficaram ali, parados, estátuas de ódio se encarando.

Chegara finalmente o momento tão esperado. Tudo levara até ali, até aquele instante fatídico, aqueles dois homens, nêmeses um do outro e sua dança mortal.

– Está me reconhecendo, não? – falou finalmente o gigante. Eu também consigo reconhecer você, apesar de ter se passado tanto tempo e de você ser uma criança a última vez que nos vimos. São olhos, os olhos de sua mãe. De certa forma, sua mãe foi a responsável por minha desgraça. Não fosse por ela, eu não teria sido preso. Mas quer saber? Valeu a pena. Foi um prazer sem igual violentá-la enquanto cravava minhas mãos em sua garganta, retirando dela cada gota de vida.

Chico avançou sobre ele, o facão em riste, mas o gigante repeliu o ataque com o gume de sua espada, uma arma enorme, que mal poderia ser carregada por uma pessoa comum.

– Corajoso o rapaz. – disse. E riu.

A luta continuava, metal contra metal, mas, por mais que Chico se esforçasse, o outro parecia estar se divertindo com ele, como um gato que brinca com o rato antes de matá-lo.

– Sua mãe, oh, sua mãe foi uma delícia. Foi uma das minhas prediletas. Mas eu sempre achei que tinha sido algo incompleto, que a coisa toda se fecharia no dia em que eu matasse o filho.

A lua agora brilhava sobre as lâminas. Chico voltou a atacar e o gigante esquivou-se, mas o cabano conseguiu corrigir o golpe a tempo de cortar a camisa do outro. Uma flor de sangue surgiu sob o tecido.

Dom Rodrigo olhou, incrédulo.

– Vejo que não poderei brincar com você! Vamos terminar logo com isso.

E começou uma sequência poderosa de golpes. Chico desviava de alguns, usava o facão para aparar outros.

Um golpe mais forte do gigante fez com que o facão de Chico voasse longe e ele caísse de costas no chão.

Dom Rodrigo pulou sobre ele, envolvendo seu pescoço com as mãos em garra.

– Chico Patuá. O famoso Chico Patuá. Diziam que tinha corpo fechado graças a essa trouxinha de couro. Mesmo com ela você não é nada, Chico Patuá!

O torno que eram as duas mãos do gigante aumentou a pressão e Chico sentiu que se aproximava da inconsciência. Usava as mãos livres para tentar afastar os braços do outro, mas parecia impossível, e as forças pouco a pouco iam abandonando---o.

– Me mostre: onde está sua sorte agora?

O gigante riu, mas sua risada se tornou um engasgo. Sangue fluiu de sua boca como uma baba escarlate. Ele tentou falar algo, mas o fluxo agora já era grande e o sangue saía em golfadas generosas. Ele levou a mão trêmula ao pescoço, como se assim conseguisse estancar o líquido rubro. Então estremeceu em espasmos e caiu para o lado, completamente morto.

Chico olhou estarrecido para o gigante que acabara de desabar, sua vista ainda turva, mas uma figura veio em sua direção. Era Moara, que lhe estendia a mão.

– Matei o bastardo. – explicou.

Dom Rodrigo jazia no chão, seu peito atravessado por uma flecha.

– Venha!

Chico pegou na mão da amada e correu com ela na direção da beira-rio. Alguns soldados tinham visto os dois e os perseguiam, atirando.

116

Os dois pularam na água e sumiram de vista.

Há quem diga que naquele dia Chico Patuá e sua companheira Moara morreram afogados. Seus corpos nunca foram encontrados e os soldados atiraram diversas vezes para ter certeza de que estavam mortos.

Outros, entretanto, dizem que Chico era filho do boto e não morreria afogado. Esses afirmam que tanto ele quanto Moara sobreviveram aos tiros e conseguiram chegar a um local seguro, onde fizeram morada entre Mazagão e Mazagão Velho. Afirmam que eles viveram por lá muitos e muitos anos, tendo muitos filhos, que se diziam netos do boto e, segundo alguns, falavam com os seres da floresta.

Mas ninguém sabe se é verdade ou não. Essa é apenas parte da lenda que envolve Chico Patuá e seu magote de cabanos insurrectos.

POSFÁCIO

Cabanagem é um livro baseado em fatos reais, mas é, também, uma obra de ficção. Assim, cabem alguns esclarecimentos. O primeiro deles é quanto à linguagem. Alguns leitores podem estranhar o fato de que eu não tenha tentando usar uma linguagem de época nas falas dos personagens. A razão para isso é simples: nesse período, a maioria dos habitantes da Amazônia, e principalmente os cabanos, não falavam português. Exceto pela elite portuguesa, quase todos os outros só falavam a língua geral, o Nhegatu. Assim, colocar os cabanos falando um português clássico poderia soar verdadeiro, mas seria tão falso quanto coloca–los falando italiano. E os diálogos em Nhegatu se tornariam incompreensíveis para a maioria dos leitores. Assim, optei por colocar todo mundo falando o português moderno.

Outro esclarecimento importante é que as opiniões dos personagens sobre fatos e pessoas históricas são apenas isso: uma tentativa de aproximação do que seria a opinião de um personagem da época sobre esses acontecimentos e pessoas, e não uma verdade histórica. Assim, por exemplo, quando Mura diz que José Malcher era um traidor, essa é a opinião do personagem sobre o assunto.

Alguns podem achar estranho que os personagens tenham chegado até Mazagão, mas é um fato histórico que os cabanos chegaram ao Amapá (mais especificamente até Mazagão e até mesmo à Ilha de Santana). O próprio Soares de Andréia, interventor na província, chegou a comunicar numa correspondência datada de 6 de outubro de 1837, que havia cerca de 200 cabanos espalhados pelas ilhas em torno de Macapá e que estes esperavam auxílio da França para invadirem a capital.

Aliás, a própria França aproveitou o momento conturbado para tentar se apropriar da região amapaense até o rio Araguari. Entretanto, nem a ocupação, nem a ajuda aos cabanos nunca veio, de modo que esses acabaram sendo derrotados pelas forças de repressão. Em torno de 1840 todos os focos de resistência já haviam sido debelados.

APOIADORES

Agradeço a todos que apoiaram o projeto no Catarse e tornaram esse livro possível.

Alan Noronha
Alcides Aparecido Pacheco Moreira
Alexandre Sergio de Miranda Dourado
Alexandre Smith Brito
Aline Shibata
Alysson Sousa
Anderson Pedro Santos da Silva
Anderson Rafael
André Colabelli Manaia
Antônio Patrick Carneiro
Bira Dantas
Camila Villalba
Carmentilla das Chagas Martins
Celso Cavalcanti
Cesar Lopes Aguiar
Charles Chelala
Charles Ribeiro Pinheiro
Cláudio Batista Dutra
Daniel Santos Coimbra
Danilo Farias
Dayse Vera da Silva
Débora Miranda Gonçalves
Deborah Xavier
Denival Gonçalves
Edilene Monteiro
Eduardo Maciel Ribeiro
Eduardo Nitz
Elane Viana
Ellen Alencar
Elvis Lima Costa Mutti
Elyan Lopes
Elzano Antonio Braun
Emerson Ramos de Souza
Fabiano Reis

Fábio Paiva
Fernando Pereira de Carvalho
Francisco C G Dourado
Francisco Edimar de Amorim Junior
Geraldo Cavalcante
Guarda Chuva Edições
Helder Batista
Helder Mourão
Helio Eduardo de Jesus lopes
Igor Herrera
Isabela Kirch Stein
Ivan G. Pinheiro
Jacks Andrade
Janine Kuriu Anacleto
Janine Pacheco Souza
Jéssica Nunes
José Ricardo Smithinho
Josenildo Ribeiro
Juvenal Resende da Silva filho
Leide de Cássia de Oliveira Marangoni
Lorena da Silva Domingues
Lucilene Canilha Ribeiro
Luiz Fernando Almeida Freitas
Luiz Leite
Manoel Francisco Xavier
Marcela Viana
Marcelo Alexandre Pacheco
Marcelo Dolabella de Amorim
Marco Antonio Lavareda da Costa
Marcos Tupinambá
Margareth Cristina de Oliveira Ferreira
Maria Alice romano caputo
Maycon André Zanin
Michel Melém Assunção

Natania A S Nogueira
Pablo Francez
Patrick Fonseca
Paulo Henrique de Aragão
Quadro a Quadro
Rafael Lima Martins
Rafael Senra
Raimunda Branco
Regina Maria Teixeira Makarem
Renato HardxCore
Rodrigo Bandeira da Costa
Rodrigo Garcia Ferreira Leite
Rodrigo Mendonça
Rodrigo Moreno
Rodrigo Ortiz Vinholo
Rom Freire
Roseklay Caxias de Queiroz
Rudja Catrine Silva dos Santos
Sandro G. Moura
Sidney Ferreira Cavalcante
Simone Pinto Bastos
Thais linhares
Thayanny Vasconcelos
Thiago Henrik
Tiago Souza
Vladimir Rocha
Wesley Martinho